DUMONT

Britta ist eine gute Freundin. Sie kann zum Beispiel gut zuhören. Manchmal stellt sich allerdings dann heraus, dass sie die ganze Zeit über nur die Wörter gezählt hat. Britta ist immer ehrlich. So ehrlich, dass man manchmal den Drang verspürt, ihr einen Topf Rindergulasch über den Kopf zu kippen. Ihre Freundin Claudia erzählt uns von ihr, meist belustigt, manchmal aber auch verzweifelt, denn einfach ist es mit Britta nicht gerade – dafür aber auch nie langweilig.

Und so wie Britta vor Ideen sprudelt, so zahlreich sind auch die Themen, die zur Sprache kommen: von der Teilnahme am Brennnessel-Wettessen über die geplante Hochzeit mit George Clooney bis hin zur absoluten Emanzipation und der Reformierung des Wahlrechts.

Mit viel Witz, (Selbst-)Ironie und einem feinen Gespür für die kleinen Absonderlichkeiten des Alltags schildert Claudia Lehnen ihre Freundschaft zu Britta und stellt ganz nebenbei manches unserer Selbstbilder auf den Kopf.

Claudia Lehnen, geboren 1978, ist Redakteurin beim Kölner Stadt-Anzeiger. Sie hat Germanistik mit Schwerpunkt Journalistik studiert und nebenbei für die Frankfurter Allgemeine Zeitung, die taz und die Berliner Zeitung gearbeitet. Sie lebt mit ihrem Mann und ihrer Tochter bei Köln. Britta ist (fast) immer ein gern gesehener Gast.

Claudia Lehnen

Meine Freundin Britta

DUMONT

Originalausgabe
Mai 2010

Umschlag: Zero, München
Umschlagabbildung: FinePic®, München
Gesetzt aus der Concorde BE
Satz: Greiner & Reichel, Köln
Druck und Verarbeitung: CPI – Clausen & Bosse, Leck
Gedruckt auf säurefreiem und chlorfrei gebleichtem Papier
Printed in Germany
ISBN 978-3-8321-6114-9

www.dumont-buchverlag.de

Inhalt

Britta und die Schönheit

Schönheit ist keine Krankheit

Meine Freundin Britta ist der schönste Mensch, den ich kenne. Sie hat lange dunkle Wimpern und einen Mund so groß und saftig wie ein Erdbeermarmeladenbrot. Wie alle schönen Menschen weiß sie leider, dass sie schön ist. Deshalb sagt sie Dinge wie: »Wenn ich aussähe wie Barbra Streisand, wäre Theo nie mit mir ausgegangen und vieles wäre mir erspart geblieben.« Ich weiß, wovon sie redet. Schließlich ist Theo mit mir nicht ausgegangen. Was ich damals nicht als Gewinn verbucht habe.

Ich liebe schöne Menschen. Ohnehin laufen viel zu viele Hässlichkeiten durch den Alltag. Schönheit ist ein Privileg. Deshalb finde ich, dass schöne Menschen nicht dauernd so tun sollten, als hätten sie statt eines makellosen Körpers eine eiserne Fußfessel geschenkt bekommen. Britta zum Beispiel sagt, sie hätte manchmal Angst vor ihrer eigenen Attraktivität. Sie sagt das, wenn ich vom Friseur komme und wie ein Bewohner des Planeten Pluto aussehe, der gerade in einen galaktischen Sternennebel geraten ist. Es heitert mich nicht auf. Es lässt mich mit dem Gedanken spielen, Britta einen Topf Rindergulasch über den Kopf zu kippen und mich daran zu freuen, dass sie dann auch blöd aussieht.

Das Dumme ist: Britta sieht nie blöd aus. An Karneval besteht sie darauf, dass wir nicht als sexy Teufelchen, sondern als Putzfrauen, bucklige Hexen oder Hängebauchschweine gehen.

Wenn wir mit Lockenwicklern, Kittelschürze und Öko-Schlappen auf der Party stehen, sieht Britta trotzdem sexy aus. Die Leute sagen zu mir: »Ach, wie lustig«, Britta nähert man sich nur mit einem raunenden: »Du siehst mal wieder wahnsinnig gut aus.« Manchmal wäre ich dann lieber ein Teufelchen und würde sie mit einem Dreizack in den Hintern pieksen.

In einem Gefühlswirrwarr aus Neid und Wut habe ich überlegt, Brittas neuste Eroberung anzurufen und zu sagen: »Stell dir vor, sie sähe aus wie Barbra Streisand. So ersparst du allen viel Ärger.«

In den Sommer im Neoprenanzug

Meine Freundin Britta ist ein eitles Biest. Sie hat sich mit mir zum Bademoden-Shoppen verabredet. Natürlich hätte ich wissen müssen, dass sich das als Unverschämtheit entpuppen würde. April, die ersten Sonnenstrahlen, die Haut noch weiß, der Speck noch quellend. Es gibt eigentlich keine schlechtere Zeit, um Bikinis anzuprobieren. Ich erwäge regelmäßig, mir alternativ einen knöchellangen Neoprenanzug zu kaufen, das würde mir ganz gut stehen, glaube ich. Aber zu zweit ist man ja stärker, denke ich vorher. Britta und ich in der Bademoden-Depression – das könnte auch ganz lustig werden. Zwei Minus ergeben ein Plus. Und danach gehen wir dann noch einen Burger essen, weil es eh schon egal ist. Oder weil wir einen verstärkten Einteiler gefunden haben, der viel von uns versteckt.

Und dann? Ich stehe verzweifelt in der Kabine, bereit, mich gleich mit Britta in Galgenhumor zu üben. Ein dicker Fisch könnte im Bikini kaum unvorteilhafter aussehen. Höchstens Britta, denke ich schon ein bisschen selbstgefällig und luge grinsend in Brittas Kabine. Und sehe einen vorgebräunten straffen Hintern im schillernden Höschen. Britta dreht sich, sie zieht kaum den Bauch ein. Sie strahlt, und ich möchte ihr die weißen Zähne ausschlagen. »Ich wollte mir die Depression in der Umkleide ersparen. Deshalb gehe ich seit ein paar Monaten ins Fitnessstudio und benutze Selbstbräuner. Lass dich doch auch mal anschauen!«

Britta soll sich in Zukunft mit ihrem Selbstbräuner treffen. Ich gehe nach Hause. Vielleicht kaufe ich mir einen Neoprenanzug.

Vom Glück der hässlichen Jugend

Meine Freundin Britta wird immer schöner. Sie hat schläfrige Augen, die Lider sind immer ein wenig heruntergelassen. Jalousien am Sommertag – wenn man zu spät aufwacht und die Sonne schon ins Zimmer geplatzt ist. Es sieht nicht müde aus. Nicht nach Arbeit, Kindern, Sorgen. Eher nach einem Cognac und einem Kaffee nach Mitternacht, einem anstrengenden Liebhaber. Britta weiß das. Und wenn sie ihre Haare hochgesteckt hat, ihr Mund beim Lachen aufplatzt und sie beim Stehen in der Hüfte einknickt, dann findet sie es unglaublich kokett, über ihre mittelmäßige Jugend zu sprechen. »Weißt du noch, ich hatte diesen geföhnten Pony über der Stirn. Ich habe ganz unglaubliche Pickel davon bekommen. Und diese Taille war damals auch noch ganz speckig. Nicht zu vergessen meine Pausbacken. Früher war ich nicht schön genug, um jetzt den Verlust der Jugend zu beklagen.«

Um Brittas Augen hat sich ein feines Netz zusammengezogen. Aus ihrem Gesicht scheint ein wenig Luft entwichen zu sein. Auch am Hals fehlt das pralle Polster von früher. Und vielleicht ist sie auch an den Hüften etwas schwerer geworden. Aber Britta hat natürlich recht. Ich weiß es. Und Tom, Sebastian und Robert wissen es auch. Sie gucken schon die ganze

Zeit rüber. Ich könnte böse sein und sagen: »Du hast vollkommen recht. Du warst wirklich ein hässliches Entlein.« Aber dann denke ich an meine einst fabelhaften Oberschenkel. Und plötzlich habe ich keine Lust mehr.

Lädiert von den Stürmen des Alltags

Ich bewundere eine ganze Reihe Menschen. Mahatma Ghandi zum Beispiel für seinen gewaltfreien Widerstand. Hillary Clinton für ihre Intelligenz und ihre Würde im Umgang mit entwürdigenden Umständen. Linda Evangelista für ihr makelloses Gesicht. Siri Hustvedt für ihr Talent, Geschichten zu erzählen. Am meisten aber bewundere ich diese sauberen Frauen. Diejenigen, die geradewegs aus einem Wirbelsturm kommen und trotzdem aussehen wie frisch gekämmt.

Nach Rassisten und Tierquälern gibt es nichts Schlimmeres auf der Welt als Frauen, deren Frisur dreißig Stunden am Stück sitzt. Niemand hat mich mehr auf die Palme gebracht als meine Freundin Britta, die in ihrer Handtasche nichts als eine Geldbörse, einen Schlüsselbund und ein Handy durcheinanderwirbelt und jedes Staubkorn, jeden Brotkrümel, jedes Bonbonpapier abends herausklaubt, um dann das Futter gründlich abzusaugen.

Mein Haar gerät schon auf dem Weg vom Bad zur Wohnungstür in Unordnung, meine Wimperntusche fühlt sich auf meinem Unterlid am wohlsten, und besonders dann, wenn ich gepflegt und aufgeräumt aussehen will, bekomme ich rote Hektikflecken. Ich trage just dann lädierte Socken, wenn ich an Orten eingeladen bin, an welchen ich meine Schuhe ausziehen muss.

Ich habe ernsthaft versucht, auf die Seite dieser sauberen Frauen zu gelangen. Allein – ich bin gescheitert. Irgendwie muss ich in eine Parallelwelt geraten sein, in der jeder widrige Strudel des Alltags all meine Bemühungen auf dem Fuß folgend zerstört.

Seit ich weiß, dass ich den Wirbelstürmen nicht entfliehen kann, versuche ich sie zu lieben. Bei einer Wanderung durch die schottischen Highlands habe ich mich nach drei Tagen Dauerregen mit verschmierter Wimperntusche in den Schlamm geworfen und meine saubere Freundin Britta mit Dreck beworfen. Sie sah auch mit Lehm auf den Wangen aus wie eine schöne, eben den Wellen entstiegene Meerjungfrau. Aber sie war außer sich vor Wut. Ich habe mich plötzlich einfach selbst bewundert.

Die Zukunft wird unglaublich schön

Das geht so nicht mehr weiter. Versinken. Ganz dunkles Wasser. Der Grund ist nicht zu sehen. Alles viel zu trübe hier. Die Augenlider verstecken sich schamvoll. Schlupflider. Nein, das ist ein böses Wort. So weit will ich noch nicht gehen, aber die Wahrheit zeichnet sich ab. Unerbittlich. Die Haare hängen fahl, die Taille hat sich verabschiedet, und irgendwie schlafft der Körper ab wie ein alter Kopfsalat. Wenn man reindrückt, bleiben Dellen. Wie bei einem Sandsack. Ich will nur ungern aussehen wie eine Knetgummifigur. Wie eine Zahnpastatube. Blicken wir der künftigen Wahrheit ins Auge: wie eine alte Schrapnelle.

Ich werde meine mürben Oberschenkel aufs Sofa wuchten und froh sein, wenn die Krampfadern nicht drücken. Ich werde mir die Haare kurz schneiden müssen, damit das Grau schnell ein Ende hat. Ich werde auch im Zustand äußerster Gelassenheit diese steile Falte zwischen den Augenbrauen haben, die mich bislang nur in Stunden des Ärgers besucht. Es wird grauenvoll sein. Allein: Ich werde es nicht merken. Der menschenfreundliche Schleier des Realitätsverlustes wird sich über mich und meine Krähenfüße breiten. Ich werde kess in den Spiegel zwinkern und mir jeden Morgen zuraunen: »Hey, du siehst ja noch blendender aus als gestern!«

Dies suggeriert zumindest die Umfrage »Gesundheit und Schönheit« durch das Marktforschungsinstitut Innofact. Daraus geht hervor, dass sich die Fünfzig- bis Neunundfünfzig-Jährigen mit ihrem Aussehen am wohlsten fühlen. Wohler als Zwanzigjährige. Jeder Zehnte Über-Fünfzigjährige fühlt sich sogar schöner als zehn Jahre zuvor. Wer erst mal fünfzig ist, hat das Paradies der Ästhetik erreicht. Die Zukunft wird schön. Streng subjektiv betrachtet, versteht sich. Von anderen Älteren wird man weiterhin kritisch beäugt. »Hast du gesehen, wie fett die geworden ist?«, »Diese Tränensäcke, dabei sah die mal gar nicht so schlecht aus« – vielleicht ist es die Häme über den Verfall der anderen, die Fünfzigjährige so großzügig über die eigenen Mängel hinwegsehen lässt.

Ich freue mich schon auf das Alter. Ich werde das graue Haar über die Schulter werfen, meiner Freundin Britta den Daumennagel in den Arm bohren, scharf die Luft einatmen und sagen: »Oh, wie unschön, deine Cellulitis hat schon die Oberarme erreicht.«

Meine Freundin Britta hat sich die Haare abschneiden lassen. Was normalerweise ein sicheres Zeichen dafür ist, dass Frauen eine Affäre haben. Oder sich von der Liebe ihres Lebens getrennt haben. Oder beides. Bei Britta muss das anders sein. Britta hat eigentlich immer einen Mann am Start. Es sind immer sehr aufregende junge Kerle. Meist die Liebe ihres Lebens. Und frisch getrennt ist Britta auch alle sechs Wochen. Wäre das der Grund, Britta hätte längst eine Glatze. Ihre kurzen Haare müssen also eine andere Ursache haben.

Vielleicht sind sie gerade in Mode. Vielleicht trägt Victoria Beckham gerade diesen Schnitt. Vielleicht haben sich auch Heidi Klum und Kate Moss von ihren langen Haaren getrennt. Britta tut immer das, was gerade in Mode ist. Ich kann mich auf sie verlassen. Und deshalb ist es meist eine gute Idee, Britta einfach alles nachzumachen. Ultrakurze Minis tragen, wenn Britta das tut. Dunkelblauen Lidschatten aufs Auge, wenn Britta sehr dramatisch damit aussieht. Clogs an den Füßen, wenn Britta seit Tagen den Weg zu meiner Wohnung damit entlangklopft.

Mein Frisör sagt, zu kurze Haare würden mein kantiges Gesicht betonen. »Sie brauchen das Deckhaar, das ihr Gesicht umspielt.« Aber wer hört schon auf Frisöre, wenn er eine modische Freundin hat. Außerdem haben Frisöre mich in meiner Jugend zu einem todunglücklichen Mädchen mit Mecki-Haarschnitt gemacht. Also kommen die Haare ab.

Ich bin sehr selbstbewusst, als ich mit luftigem Bob bei Britta aufkreuze. Die hebt nur kurz ihren dramatisch lila-umwölkten Blick und sagt: »Also, entweder du hast eine Affäre oder einen blinden Frisör. Mag ja sein, dass du eine Veränderung gebraucht hast. Aber: So kurzes Deckhaar bei deinem Kinn – das geht wirklich gar nicht.«

Leckere Knabbereien

Meine Freundin Britta hat Füße wie ein Baby. Die Zehen sind glatt und kühl, sie fühlen sich an wie pralle Weintrauben und riechen meistens sogar so. Die Nägel sind kurz und ganz rund. Sehr klein und sehr unschuldig alles. Keine Spur von erwachsenem Groben wie Hornhaut. Füße, mit denen sich niemand trauen würde, mal einfach so ins Bad zu laufen. Über den Flur oder gar zum Wasserkistenkaufen. Ich habe manchen heißen Sommernachmittag im Freibad auf der Wiese liegend damit verbracht, Brittas unschuldige Füße zu betrachten. Die Kuppen der Zehen, die sich in regelmäßig kleiner werdenden Bögen aneinanderreihen. Rosa Nägel mit einem feinen, weißen Diadem auf dem Haupt. Ich habe immer gedacht, dass Brittas Füße in einem Freibad gut aufgehoben sind. Ein bisschen Rasen, vor allem Wasser, kaum Druckstellengefahr.

Und jetzt? Weiß ich, wie richtig ich lag mit dem Gefühl. »Meine Füße? Kleinigkeit. Das übernehmen die Saug-Barben«, hat Britta geantwortet, als ich sie im Biergarten nach ihrem zarten Geheimnis fragte. Alle sechs Wochen hängt Britta ihre Füße in ein Aquarium und lässt sich von hungrigen Fischen die Hornhaut abknabbern. Kurz habe ich meine nicht ganz so zarten Zehen angeguckt, die durch die Sandalen lugten, und mit dem Gedanken gespielt, auch von diesen Fischen zu profitieren.

Aber Britta hat natürlich jede Möglichkeit einer Verschönerung im Keim erstickt. »Denk erst gar nicht dran. Bei deinen

Füßen liegt so viel im Argen, deine Füße in einem Barben-Becken – das grenzte ja an Tierquälerei.«

Diese Gene müssen bleiben

Meine Freundin Britta erwägt, ein Kind zu kriegen – der Gene wegen. »Schließlich ist es unverantwortlich, diesen Körper, diese Wimpern, diesen Mund« – Brittas Kinn rückt bei jedem Wort einen halben Zentimeter weiter in die Höhe – »nicht weiterzuvererben.« Wenn sie einstmals tot ist oder zumindest verblüht, wird die Welt weinen um die Schönheit, die ihresgleichen suchte. »Wenn ich einen Sohn hätte, oder besser eine Tochter – was sollte schließlich ein Junge mit meinen wunderbaren Hüften anfangen –, dann könnte ich beruhigt alt werden. Und auch die Sache mit der dekolleteestraffenden Creme müsste ich nicht allzu ernst nehmen. Schließlich wäre da in ein paar Jahren jemand, der meine Schönheit übernehmen könnte.«

Britta ist auffallend offenherzig gekleidet. Sie trägt ein Mieder über der knappen Bluse. Ihre Haut schimmert pfirsichfarben und sieht so weich und duftend aus wie der Sonnenaufgang in der Provence. Ihr Haar ist dunkler als bei unserem letzten Treffen und glänzt wie Ölfarbe.

Britta hat auch schon einen Vater für die schöne Zukunftsvision im Auge. Einen Schönling will sie nicht. »Der würde mir nur ins Erbgut pfuschen, und seine herausragenden Eigenschaften wären am Ende dominanter als meine.« Nein, Britta sucht einen Rezessiven. Einen Unauffälligen. Einen, der aschblond ist und durchschnittlich. Nicht dick, nicht dünn. Nicht groß, nicht klein. Einen, den man übersieht auf der Straße.

Einen Mann, der bei Britta bislang immer durchs Raster gefallen wäre. Einen Langweiligen: »Ideal wäre«, seufzt Britta und nestelt an ihren Locken, »wenn du einen Bruder hättest.«

Britta und die Männer

Kalter Kakao als Glücklichmacher

Meine Freundin Britta weiß nicht, was die Liebe mit ihr vorhat. Früher hat sie es tatsächlich für möglich gehalten, die Liebe sei einfach da, um sie glücklich zu machen. Wie eine Tüte eiskalter Kakao im Kühlschrank. Heute ist sie sicher: Dieser Gedanke war falsch.

Gut, mit Uwe hatte sie ein paar lustige Monate, aber dann kamen diese Diskussionen, diese Einschränkungen, diese Vorwürfe, die sich zäh an die Decke klebten und irgendwann einfach nicht mehr runterzukriegen waren. Bei Jochen sah schon anfangs alles düster aus. Depressiv-romantische Melancholie war noch die beste der gemeinsamen Stimmungen. Und der einzige Lichtblick in der Beziehung zu Matthias: Der charmante Luftikus war beruflich so viel unterwegs, dass es Jahre dauerte, bis Britta feststellte: Eiskalter Kakao im Kühlschrank ist der weitaus bessere Glücklichmacher.

In einer vorübergehenden Mutter-Teresa-Phase spielte Britta mit dem Gedanken, die Liebe könnte dazu da sein, andere glücklich zu machen. Sie selbst begnügte sich mit dem Titel der weltgrößten Barmherzigen. Sie hat versucht, Klaus glücklich zu machen, Joshua und Martin. Letzten Endes brannten aber alle drei mit langbeinigen Egoistinnen durch.

Heute ist Britta ratlos. Mehr noch: Sie ist voll von heißem Zorn. »Die Liebe«, hat sie mir am Telefon entgegengebrüllt, »hat mir nur Unglück gebracht.« Gelitten habe sie. Gehadert. Den Glauben verloren. Und das Schlimmste: Gehofft. »Mit der Liebe bin ich fertig«, hat sie geschnieft und den Hörer aufgeknallt. Ich weiß schon, was jetzt kommt. Britta wird sich rund vierzig Packungen Kakao kaufen und ihren Kühlschrank damit zuballern. Sie wird heulend an den eiskalten

Strohhalmen saugen, bis sie Bauchschmerzen bekommt. Und spätestens in zwei Wochen wird sie lächelnd vor mir stehen. Und mir von Sascha, Lukas oder Felix erzählen. Die Liebe hat noch viel mit Britta vor.

Männer sind nicht zu blöd für Sex

Meine Freundin Britta findet keinen Mann. Was nicht an ihr liegt, wie sie behauptet. Sondern an den Männern. Die sind nämlich in der Krise. Und dadurch so sehr mit sich beschäftigt, dass ihnen Brittas Intelligenz, Charme, Schönheit durch die Lappen gehen. Ich weiß nicht, ob Britta das ganz objektiv sieht. Klar ist aber: Als John Wayne noch seinen Sheriff-Stern trug, hatten Männer es leichter. Laufen, als hätte man eine Melone zwischen den Knien, sich vorstellen, um die Hüften schmiegte sich ein Pistolenhalfter, nur beim Fußball weinen und bei Gelegenheit »Schau mir in die Augen, Kleines« raunen – schon waren die männlichen Identitätsvoraussetzungen erfüllt.

Heute stecken Männer in der Krise. Mal schnell mit dickem Bizeps den Acker umgraben, so viel Geld scheffeln, dass Frau und Kinder satt werden – alles Fähigkeiten, die heute irgendwie gar nicht mehr gefragt sind. Doch wo bleibt der Mann, wenn er nicht mehr Cowboy sein darf, sich aber auch nicht bis hin zu Seals Bekenntnis »Ich bin eine Hausfrau« entmannen will? Schwierige Frage.

Nein, auch Sex ist keine Lösung. Zumindest keine einfache. Unlängst haben Forscher herausgefunden, dass Männer nicht zwischen Freundlichkeit und sexuellem Interesse seitens ihres Gegenübers unterscheiden können. Nicht nur, dass Männer freundliches Verhalten als Bereitschaft zum Sex missverstehen. Auch umgekehrt entgeht ihnen, wenn eine Frau wirklich an intimeren Handlungen interessiert wäre, weil sie dann denken: »Ach, die will ja nur nett sein.« Britta ist besorgt: »Sind Männer zu blöd für Sex?« Aber nein, so weit will sie es wirklich nicht kommen lassen. Britta lässt jetzt selbst den Sheriff raushängen. Wenn sie Interesse an einem Mann hat, dann steuert sie breitbeinig auf den Erwählten zu, macht die Augen schmal und sagt: »Na, wie wär's mit uns beiden?« Bislang hat sie noch niemand missverstanden.

George Clooney ist wieder unterwegs – allein

Meine Freundin Britta ist unterwegs zum Comer See. Sie will zu George Clooney.

George Clooney – das müssen Sie wissen – ist nicht nur laut Zeitschriftenvotum »the sexiest man alive«, er ist auch der Mann, den Britta heiraten will. Na ja, erst mal würde rumknutschen auch reichen, so genau nimmt es Britta da nicht. Bislang hat sie sich aus Verzweiflung anderen Männern an den Hals geschmissen, schließlich war George mit einer anderen zusammen. Ungewöhnlich lange. Dünn. Hohe Wangenknochen. George, der Mann mit der einzigartigen Eigenschaft, den Dackelblick so aussehen zu lassen, dass Frauen nicht nur an »süüß«, sondern auch an Sex denken. Dieser George: in den Händen einer anderen. Das hat Britta geprägt.

Aber jetzt wird alles gut. George hat sich getrennt. Britta ist entschlossen, George zu trösten. »Ich werde Martini mitbringen. Oder ihm Kaffee ohne Kapseln kochen«, sagt Britta, die sonst keinem Mann der Welt einen Tee aufbrühen würde.

Ich weiß nicht, was ich sagen soll. Erst habe ich versucht, ihr den Mann von gegenüber schmackhaft zu machen. Den mit der Elvis-Tolle und den breiten Brustmuskeln unter dem Hemd. Aber Britta hat ihre High Heels in den Koffer gepackt und gleich noch die Spitzencorsage dazugestopft. Es tut mir alles sehr leid. Ich weiß, George würde Brittas Mund lieben, der so groß und saftig ist wie ein Erdbeermarmeladenbrot. Und ihre Taille, die so schmal ist wie die seiner Ex, nur durchtrainierter. Als Freundin tut es mir in der Seele weh. Wie sollte ich es Britta beibringen? Habe gestern – sehr überraschend – eine SMS bekommen: »Bin morgen bei dir, George xxx«.

Die Liebe ist ein Konstrukt

Meine Freundin Britta hat die Liebe als Lüge entlarvt. Jahrelang habe ich mir Sätze anhören müssen wie: »Wenn Stefan mich verlässt, wird nichts mehr sein, wie es war.« Oder »Wenn ich Ralf sehe, weiß ich, dass niemand meine Seele mehr so wird rühren können wie er.« Oder »Mit Simon hat sich alles verändert. Ich fühle. Vorher war ich tot.« Meistens habe ich gelächelt. Meistens war ich genauso aufgeregt wie Britta. Meistens habe ich mitgeheult, wenn Jens ging, Günther, und sogar beim Abgang des treulosen Robert wurde es mir ganz porös ums Herz.

Aber jetzt hat Britta genug von Romantik. »Ich lass mich doch nicht von dieser Werbewelt verarschen.« Liebe – das ist Brittas neue These – ist nur ein Konstrukt derer, die auch Waschmittel verkaufen. Wir sollen glauben, dass wir begehrenswert sind, die Beste, die Rührendste, zumindest für einen Mann. Wir sollen in dieser Hochstimmung eine Jeans kaufen.

Oder ein Haus, weil es ja ein kuscheliges Heim braucht für all das ganze Glück, das diesmal sicher ewig währt.

Aber Britta ist jetzt rational. Sie hat mir die Liebe eiskalt widerlegt. »Denk doch mal an mich«, hat Britta gesagt. »Ich sehe gut aus, ich bin charmant, klug und belesen. Ich habe immer gedacht, jeder könnte mich für immer lieben.« Britta hob die Augenbrauen, und für einen winzigen Augenblick habe ich gedacht, sie könnte anfangen wieder sentimental zu werden. Aber dann ist ihr Argument um eine sehr scharfe Kurve gesaust: »Aber dann denk daran, dass ich morgens bis zu sechsmal in die Wohnung zurückrenne, weil ich mein Handy/meine Tasche/meine Wimperntusche/wichtige Unterlagen/Tampons/Zahnseide vergessen habe. Ich schaffe es, Handtaschen (auch fremde) innerhalb von vierundzwanzig Stunden in einen Müllsack zu verwandeln. Ich bin unfähig, mich beim Frühstück zwischen Honig und Marmelade zu entscheiden. Ich pule mit Lust den Dreck unter meinen Zehennägeln hervor. In brenzligen Situationen falle ich gerne in Ohnmacht. Es wäre doch töricht zu denken, irgendjemand auf dieser Welt könnte das für den Rest seines Lebens rührend finden.«

Britta redet natürlich Mist. Sagen werde ich ihr das nicht. Sie rührt mich viel zu sehr.

Selbstlose Engel

Meine Freundin Britta sagt, bei ersten Dates ist es nötig, den selbstlosen Engel zu spielen. »Deine Egozentrik kannst du später noch rauslassen. Wenn du dich nur am ersten Abend einmal zusammenreißt. Lass dir erzählen, hör zu. Heuchle Interesse an seinen Themen!« Britta hat natürlich recht.

Das Problem: Die Welt hat viele Themen. Über alles kann geredet werden: Über Angeltechniken, Rückenschmerzen, Champions League, Bienenhonig, Metaphysik, Geranien, Photosynthese, Sex und Außenpolitik. Ganz egal. Wir sind multi-interessiert. Wir sind offen. Sogar für die Fortschritte in der Reinraumtechnik, wenn es sein muss.

Ich habe mir an derlei Abenden schon erklären lassen, warum die Rettung der Honigbiene zu den zentralen Aufgaben meines weiteren Lebens gehören sollte. Warum Marx recht hatte. Was es mit dem Zitronensäurezyklus bei Prokaryoten auf sich hat. Welche Indizien dafür sprechen, dass Elvis noch lebt. Ich habe alles ertragen. Sehr offen. Sehr interessiert. Aber auch ich habe meine Grenzen.

Dennis, gut aussehend, gebildet, Anfang dreißig, kegelte sich vor Jahren schon bei unserem ersten Treffen selbst aus dem Rennen. Sein Thema war vergleichsweise naheliegend. Er redete: nur über sich selbst. Zwölfmal hat er einen Satz mit »Ich bin ja ein Mensch, der …« begonnen. Er verriet mir, dass er jemand sei, der andere sie selbst sein ließe, Lesen für überschätzt halte, enorm schlagfertig sei, jemand, der sich in der Betrachtung von Kunst verliere und sogar die Queen zum Lachen bringen könne. Ich hatte das dringende Bedürfnis, Dennis zu knebeln, noch ehe er, dreizehntens, sagte: »Ich bin jemand, der mit dominanten Frauen ganz schlecht klarkommt.«

Britta hat gesagt: »Da haben wir den Salat. Keinen einzigen Abend kannst du gutmütig deine Klappe halten. Ich lasse mir von diesem Severin schon seit drei Wochen den Unterschied zwischen Aussagen- und Prädikatenlogik erklären. Am Ende wird er mich mit dem besten Sex meines Lebens belohnen, das weiß ich sicher. Du dagegen bist ein furchtbar ungeduldiger Mensch.«

Ich habe Dennis trotzdem kein zweites Mal getroffen. Nicht, weil ich meine Dominanz nicht einer glücklichen Zweisamkeit hintanstellen konnte, sondern weil ich schlecht klarkomme mit Menschen, die nicht aufhören können, sich ständig selbst zu analysieren.

Ich bekomme Atemnot, Wut, Aggression, Gewaltfantasien. Das ist meine dunkle Seite. Zum Abschied sagte ich: »Ich bin eher jemand, der jemanden wie dich hasst.«

»Sie haben eine Scheidung gewonnen«

Meine Freundin Britta denkt über eine Heirat nach. Sie hat lange überlegt, ob sie für diese Form der langfristigen Bindung geschaffen ist.
Sie hat berücksichtigt, dass sie noch nie länger als ein Jahr in derselben Wohnung gelebt hat. Sie hat sich daran erinnert, dass sie nie zweimal hintereinander die gleiche Joghurtsorte isst. Sie hat keine Stammkneipe, weil sie die Bedienung und die Speisekarte schon beim dritten Besuch langweilen. Britta ist für die Einförmigkeit, für das Dauernde, das Beständige nicht geschaffen. »Wenn ich einmal heirate, muss es ein Schauspieler sein oder ein Schizophrener, sonst sterbe ich vor Langeweile«, tönte sie neulich.

Und jetzt also doch Hochzeitsglocken. Ich bin skeptisch und ahne eine Katastrophe. Aber Britta überlegt, ob ein Gartenfest das Richtige wäre oder eher ein Bootshaus und ob das Menü lieber spanisch oder italienisch sein soll. Sie will mich unbedingt mit zu ihrem Termin im Brautmodenshop nehmen. Ich habe Britta fest in die Augen geschaut und gefragt: »Bist du sicher? Du musstest nie einem deiner Partner zweimal ein

Weihnachtsgeschenk kaufen, weil du beim zweiten Fest schon dessen Nachfolger mit einer Affäre betrogen hast.«

Britta hat ein bisschen rumgedruckst. Und dann gestand sie, dass sie ganz wild auf diese neue Fernsehsendung sei. Diejenige, bei der der Partner zum Hochzeitsort verschleppt und dort vor den wartenden Gästen gefragt wird, ob er heiraten wolle. Und zwar sofort. Ich habe hysterisch gelacht und gesagt, dass kein Mensch auf der Welt heiraten sollte, weil er ein neues Fernsehformat toll findet. Das sei keine Grundlage für eine lebenslange Beziehung. Aber Britta hat sich nicht beirren lassen. Das, so sagte sie, sei kein Problem. »Es gibt da jetzt dieses neue Gewinnspiel einer belgischen Illustrierten. Hauptgewinn ist eine Traumscheidung. Inklusive einer speziellen Torte für dreißig Gäste – mit Scheidungspartner aus Marzipan.«

Katzen sind die besseren Frauentröster

Meine Freundin Britta will sich eine Katze anschaffen. Was mich irritiert. Sie hat die fauchenden Dinger nie leiden können. Einige Jahre hat sie sogar vorgegeben, an einer Katzenhaarallergie zu leiden, weil sie nicht die Katze einer verreisten Freundin betreuen wollte.

Jetzt ist Brittas einzige Sorge: Lieber gefleckt oder gestreift? Tommy oder Lissy? Lange oder kurze Haare? Ich fauche ein bisschen. Wer hat was von Schnurren gesagt? Britta denkt mal wieder nur an sich. Sie ist keine Tierfreundin. Sie mag nur sich. Deshalb die Katze. Weil die gegen Depressionen hilft. Besser als ein Mann. Hat ein Meinungsforschungsinstitut herausgefunden.

Mehr als ein Drittel der Frauen schmust bei einem Seelentief nämlich lieber mit einer Katze als mit dem Partner. Nur jede Vierte tröstet sich durch ein Gespräch mit dem eigenen Freund. Oder die depressiven Damen futtern Schokolade. Männer und Schokolade wirken nach Ermittlungen der Meinungsforscher gleich gut.

Jetzt sind natürlich die Männer wieder verstimmt. Nicht schnurrende Kater. Der Löwe ist los. Weil sie nicht auf einer Stufe stehen wollen mit Süßkram zartbitter. Und weil sie es empörend finden, dass die Anwesenheit einer Katze tröstender sein kann als ihre Gegenwart.

Ist es auch. Wir Frauen wissen das. Würden doch britische Männer eher ihrem Fußballclub als ihrer Frau treu bleiben. Sagen auch die Meinungsforscher. Zum Trost sollten auch die Männer mal die aufbauende Zweisamkeit mit Katze suchen. Und sich darüber freuen, wenn die wenigstens kein Tief bekommt.

Wer noch Nachhilfe braucht, bekommt die im Netz. Auf hausgemacht.tv erklärt ein Tierfreund, wie die Katze glücklich wird. Er hält die ultimativen Tipps für Katzenbesitzer parat: Streicheln und füttern. Auch Britta könnte er damit beglücken.

Der Marmorboden hat ausgedient

Meine Freundin Britta hat keinen Sex mehr. Es ist nicht so, dass sie keine Lust darauf hätte. Sie ist auch nicht zu müde. Sie hat keine Kopfschmerzen, keine Kinder, keine auffallenden Defizite, was Fantasie und Wagemut angeht. Britta ist nicht einmal besonders anspruchsvoll. Allein: Es fehlt ihr an Gelegenheit.

Es hat einmal eine Zeit gegeben, da ist meine Freundin Britta an jedem dritten Wochenende mit einem anderen Exemplar der männlichen Gattung aufgetaucht. Ich habe irgendwann aufgehört, nach den Namen zu fragen. Es waren zu viele, sie ähnelten sich alle, sie waren ohnehin an anderen Dingen interessiert als an einem netten Kneipenabend mit Britta und deren Freundin. Britta hatte immer die schärfsten Dessous im Freundeskreis. Sie hat sich ausgekannt in allen Details und Nebensachen der Liebesspielkunst. Sie hat ihre Freundinnen ehrlich gesagt manchmal damit gelangweilt. Wer will schon mit dem Rücken auf hartem, kaltem italienischem Marmor liegen, wenn im Nebenzimmer doch auch ein Bett steht?

Heute hat Britta mir mit traurigem Blick ihre Einmannzelt-Schlüpfer gezeigt. Sie sagte, dass sie seit Monaten keinen namenlosen Mann mehr angefasst hat. Sie hat sogar gebeichtet, dass die Sache mit dem Küchenfußboden und der Sprühsahne nur ausgedacht war. »Kein einziges Mal«, sagte sie tonlos, tappte in die Küche und angelte sich einen Schokopudding aus dem Kühlschrank. »Es ist einfach nicht so, dass man am Wochenende auf einer Party einem Mann gegenübersteht, bei dem es sofort prickelt.« Ehrlicherweise, so sagte sie, sei das erst einige wenige Male der Fall gewesen. »Und dann stellst du manchmal noch fest: Der steht gar nicht auf dich.« Britta ist ehrlich zerknirscht. So sehr, dass sie sich jetzt sogar mit einem revolutionären Gedanken trägt. Sich zu verlieben. Dauerhaft. »Langweiliger kann das kaum sein.«

Fünfzig Rosen und eine Lovestory

Meine Freundin Britta hat eine Fleurop-Telefonistin über ihr Liebesleben in Kenntnis gesetzt. »Unterliegen Fleurop-Telefonistinnen eigentlich der Schweigepflicht?«, stammelt sie. Ich habe natürlich erst nicht verstanden, was Britta mir sagen will. Aber nach und nach hat sie die Geschichte für mich rekonstruiert. »Du weißt doch, ich habe diese wahnsinnig vielversprechende Nacht mit diesem Kerl verbracht. Den ich schon einige Wochen im Auge hatte, der sich zunächst aber nicht dazu durchringen konnte, mir seine Telefonnummer zu geben. Auf jeden Fall war alles ganz wunderbar. Aber irgendwie sind wir dann in Streit geraten.« Britta ist etwas atemlos. Am nächsten Morgen war sie mit dickem Kopf und geschwollenen Augen aufgewacht, ihr Bett roch noch nach ihm. »Und da hab ich plötzlich das Heulen bekommen. In meiner Panik habe ich bei Fleurop angerufen und ihm einen Strauß fünfzig roter Rosen nach Hause schicken lassen.«

»Und?« Die Geschichte beginnt mich zu langweilen. »Was ist so schlimm daran?« Britta seufzt und verdreht ungeduldig die Augen. »Die Telefonistin wollte wissen, was ich auf die Karte schreiben lassen will. ›Hab gerade an dich gedacht‹, hat sie vorgeschlagen. Aber das traf die Situation ja so gar nicht. Deshalb habe ich ihr die ganze Geschichte erzählt. Dass es mir leid tut, ihn am Abend als egoistischen, aber mutlosen Schlappschwanz beschimpft zu haben. Dass ich zu dem Schluss gekommen bin, dass ich damit leben kann, wenn er just dann pinkeln muss, wenn ich mir gerade die Wimpern tusche. Irgendwann meinte die Servicekraft, das Textfeld umfasse nur einhundertachtzig Zeichen. Und dann: Aber die Geschichte hat mich sehr amüsiert, vielen Dank!«

Ein guter Fang mit blauen Augen

Meine Freundin Britta war mutig. Zum ersten Mal in ihrem Leben hat sie sich nicht von irgendeinem billigen Chauvi zum Pils einladen lassen. Sie hat sich nicht mit münzgroßen Augen in die Fußgängerzone gestellt und derart hilflose Blicke auf die Häuser geworfen, dass irgendein Kai oder Marcel anhalten und sie fragen musste, ob er sie nach Hause begleiten solle. Sie hat nicht vor dem Parkautomaten des Opernhauses verzweifelt in ihrer Handtasche gewühlt, vorgebend, kein Kleingeld zu finden, in Wirklichkeit aber suchend nach einem Kulturliebhaber, der mit fünf Euro aushilft und anschließend bei einem Glas Wein eine Vorlesungsreihe über die Inszenierung vom Stapel lässt.

Britta ist in die Offensive gegangen. In einem kleinen Restaurant saß sie hinter einem Ehepaar, das seinen erwachsenen, gut aussehenden Sohn mit am Tisch sitzen hatte. Britta hatte das Wasserblau seiner Augen erhascht, als er zur Tür hereinkam. Während sie Spaghetti Vongole auf dem Teller zu großen Locken drehte, sah sie nur noch das dunkle Haar, das hinter dem Ohr ein wenig zu lang war und sich kräuselte. Und dann hat Britta ihre Nummer auf eine Serviette gekritzelt mit dem Zusatz: »Ich sitze genau hinter dir, Britta«. Sie hat den Kellner gerufen und ihn Amor spielen lassen.

Der Wasserblauäugige wohnt jetzt bei Britta. Er ist ein guter Fang. Ihm ist Pils zu herb, er findet nach einer Kneipentour in einer fremden Ecke der Stadt nicht mehr nach Hause. Er hat nie Kleingeld übrig, und wenn er in die Oper geht, dann genießt er die Musik. Und schweigt.

Verliebt in einen Guru

Meine Freundin Britta ist ein Hippie. Es fiel mir schwer, das zu glauben. Schließlich ist Britta nichts weiter als eine spießige Mittdreißigerin mit einem Hang zur Exzentrik. Frieden war nie wirklich ihr Ding, zumindest nicht im privaten Umfeld. Britta liebt Sauberkeit und Ordnung, ich habe sie mehrmals dabei erwischt, wie sie mit der Zahnbürste die Fugen ihrer Duschkabine reinigte. Sie bevorzugt klassische Kostüme und empfindet dunkelblaue Jeanshosen mit weißer Bluse als Casual Wear.

Aber jetzt hat sie irgendeinen Guru getroffen, der die Welt mit seiner Liebe heilen will. Es muss ein unglaublich gut aussehender Mann sein. Denn Britta hat akzeptiert, dass er die Welt und auch sie zwar mit seiner Liebe, aber ohne Schuhe, mit schmutzigen Füßen und ungepflegten Haaren heilen will. Als ich Britta gestern getroffen habe, trug sie Batikwickel um den Körper und riet mir, meinen Harmonieknoten durch das Praktizieren freier Liebe zu verstärken. »Mein Robert-Jimi sagt mir immer zum Abschied: ›Liebe alle, die dir begegnen, und nimm ein bisschen Müll mit runter, wenn du gehst.‹«

Habe gerade mit Britta gesprochen. Robert-Jimi zündet jetzt seine Räucherstäbchen in anderen Frauenherzen an. »Der hat wohl nicht mehr alle Tassen im Schrank«, sagte Britta am Telefon, und all der Frieden war aus ihrer Stimme verschwunden. »Er wollte Musik hören. Woodstock. Zur Befreiung meiner Emotionen aus den Klauen der vernunftbestimmten Welt. Ich habe ihn natürlich gleich entlassen. Diese Narkosemusik kommt mir nicht ins Haus.«

Vielleicht ist sie jetzt schwanger

Meine Freundin Britta glaubt, schwanger zu sein. »Alles deutet darauf hin«, hat sie mir gestern im Restaurant zugeraunt. »Fünf Tage überfällig, riesiger Appetit auf Salzgurken mit Nutellabroten, und mehrere Männer haben mir gesagt, ich würde so strahlend aussehen wie noch nie.«

Britta hat den Kopf schief gelegt, ihren roten Mund ein wenig geöffnet und mich von unten angeguckt. »Sicheres über meinen Zustand ließe sich nach Abtasten meiner Brüste sagen. Aber es gibt gerade keinen, der dafür in Frage käme.« Ich habe mich kurz gewundert, schließlich scheint es ja einen gegeben zu haben, der als Erzeuger infrage kam. Gesagt habe ich nichts. Brittas Sexleben ist kompliziert, und ich tue alles, damit sie nicht ausholt und lang und detailreich darüber berichtet.

»Geh zum Arzt«, habe ich deshalb pragmatisch geraten. Britta hat ein bisschen geschmollt. »Nur weil ich nicht so berühmt bin, ist mein zutiefst weiblicher Zustand sogar meiner besten Freundin egal! Wenn Sandy oder Lilly oder wie sie alle heißen runder werden, dann interessierst du dich für alle Einzelheiten.« Britta hat nicht mehr von unten geguckt. Sondern gefunkelt.

Und dann entspannte sich ihr Gesicht. Sie lehnte sich zurück, zog zum ersten Mal, seit ich sie kenne, den Bauch nicht ein und grinste sehr teuflisch. »Du hast übrigens noch gar nicht gefragt, wer als Vater in Frage kommt. Theoretisch könnten es Olli, Boris und Brad sein. Blöderweise auch Silvio. Ich bete aber: Bitte, lass es George sein.«

Witzigkeit kennt Grenzen

Meine Freundin Britta sucht einen Mann. Sie will keinen schönen. Sie will keinen intelligenten. Sie will keinen reichen. Ja, sie will nicht einmal einen netten, wohlerzogenen. Alles was sie will, ist ein humorvoller Mann, der sie zum Lachen bringt.

Ich könnte heulen, wenn ich sehe, wie Britta seit Wochen mit diesen ganzen Scherzkeksen ausgeht und mit einem besonders witzigen Exemplar in ihr Unglück rennen wird.

Witzige Männer sind nicht das, was Frauen brauchen. Trotzdem sucht jede Frau ab einem gewissen Alter nur noch einen Mann, der sie zum Lachen bringen kann. Vielleicht weil ihr Leben trist geworden ist im Laufe der Jahre. Vielleicht auch, weil die Breitschultrigen, die Charmanten, die mit den glänzenden Haaren, der unglaublichen Belesenheit und dem durchdringenden Blick allesamt Reinfälle waren. Männer wissen das. Sie nutzen das für sich aus. Ganze Kontaktanzeigenspalten sind voll von kleinwüchsigen Schnurrbartträgern, die als großen Trumpf den Humor aus den zu langen Ärmeln schütteln.

Wenn Männer auf der Balz sind, dann werden sie komisch. Sie lernen für jedes Rendezvous hundert Pointen auswendig und ballern sie uns ungefragt entgegen. Sie machen Witze. Im schlimmsten Fall schlüpfrige. Sie lachen lauter als ihre Begleitung. Sie sind so vertieft in ihren Auftritt, dass sie nicht merken, wie die Stimmung mit jedem Lacher weiter in den Keller sinkt.

Britta hat gerade angerufen. Sie steht kurz vor einem Nervenzusammenbruch. Das kann ich an ihrer gefährlich hohen Stimme hören. Sie hat dem Nonsens ein Ende bereitet und den letzten Witzbold nach Hause geschickt. Bevor ich sie besuche, leihe ich einen sehr ernsten Film aus. Mindestens zwei Wochen sollte Britta sich nicht mehr amüsieren.

Die Qual der Wahl

Meine Freundin Britta trifft sich mit einem Politiker. Kein hohes Tier. Er steht irgendwo auf einer Landesliste. Er ist noch relativ jung (für einen Politiker, nicht für einen Liebhaber). Man kann ihn googeln, er trägt auf den Bildern meist eine Krawatte, sieht aber auch beim Eisklettern seriös aus. Ich bin eine gute Freundin. Die beste, die Britta hat. Und deshalb habe ich Britta gesagt: »Das machen wir nicht. Wir lassen jetzt schön die Finger von diesem potenziellen Repräsentanten.«

Britta hat mich natürlich angekeift. Dass mir keiner recht sei. Dass ich auch die ganzen Künstler schlechtgemacht hätte, die Johnnys und Roberts, die Maler, sogar die Cellisten und auch die BWLer seien mir nie sympathisch gewesen. Aber ich bin streng geblieben. »Britta, du kannst dich doch wohl unmöglich auf einen Politiker einlassen. Er wird dir das Blaue vom Himmel versprechen. Er wird sagen, dass alles besser wird, wenn er erst mal gewählt ist. Er wird nur über sich reden. Er wird dir in einer schwachen Stunde ins Ohr säuseln, dass Familien und Kinder der Kern unserer Gesellschaft sind. Dass er das Kindergeld erhöht, sobald er an der Macht ist. Er wird dir am Ende verraten, dass es ihn noch schärfer machte, wenn du beim Sex ›Herr Bundeskanzler‹ zu ihm sagen würdest.«

Britta hat sich ihren Kostümrock glatt gestrichen. Ich weiß, sie braucht einen Prinzen. Etwas Adliges. Einen Bundestagsabgeordneten braucht sie nicht. Britta hat ein bisschen rumgezickt. Aber schließlich hat sie es eingesehen. Sie trifft sich jetzt mit einem Krankenpfleger, und wenn der Nachtschicht hat, mit einem aus dem mittleren Management einer Modefirma. »Du hattest ja so recht, meine Liebe«, hat Britta bei unserem letzten Treffen gesagt. »Mein Leben ist nun viel angenehmer. Der Pfleger redet nur über mich. Und der Betriebswirtschaftler spricht nur über Zahlen. Das ist viel leichter zu ertragen als dieser Politegomane.«

Bessere Hälften

Die Liebe ist dazu da, die ungerechte Verteilung von Gut und Böse in der Welt auszugleichen. Deshalb haben gute Menschen böse Schurken an ihrer Seite, schöne Frauen hässliche Männer und nette Kerle idiotische Freundinnen. Das ist eine gerechte Idee von der Liebe. In der Praxis vermasselt es mir aber jeden netten Urlaub mit meinen Freunden und deren Partnern.

Mit Marc würde ich gerne in den Urlaub fahren. Er ist lustig, übersteht jedes Trinkgelage bis zum letzten Tropfen aufrecht, jammert nicht über Mückenstiche und hält abends beim Sonnenuntergang am Strand auch mal die Klappe. Ein idealer Reisegefährte, wäre da nicht seine Irina. Die trinkt nur stilles Wasser, guckt bei Karls drittem Bier säuerlich, wird ständig von Hornissen gestochen und bekommt Migräne, wenn sie auf ihr morgendliches Stretching verzichtet.

Alle meine Freunde haben einen Klotz am Bein. Melanie weicht nicht von Oberklugscheißer Nils' Seite. Teresa weigert sich, ohne Scherzkeks Thorsten zu verreisen. Es gibt eine einzige Freundin, deren Freund ein netter Kerl ist. Mats ist unkompliziert, versteht zweideutige Witze und dreht sich seine Zigaretten selbst. Das Problem: Er ist mit meiner Freundin Britta zusammen. Und die ist so anstrengend wie Irina, Nils und Thorsten zusammen.

Ein Jahr Winterschlaf

Meine Freundin Britta hat davon geträumt, dass der Winter noch zwölf Monate dauert. Der Schnee türmte sich im April, im Mai hat der Himmel kein einziges Mal seinen nackten blauen Bauch gezeigt. Mitarbeiter des Winterdienstes bekamen hysterische Lachanfälle, wenn irgendjemand das Wort »Salz« in den Mund nahm. Britta glaubt mitbekommen zu haben, dass Salz dort sogar auf dem Ei in der Frühstückspause verboten war. Der Juni war ein einziger Schneesturm, im August schien es kurz so auszusehen, als könnte man die Schneeketten wieder abnehmen. Bis im September Eisregen über dem Land niederging und im Oktober alle öffentlichen Gebäude gesperrt wurden, nachdem baumstammdicke Eiszapfen beim Runterfallen fast einen Sechsjährigen durchbohrt hätten. »Und von November an«, hat Britta unter ihrer Augenmaske hervorgestöhnt, »haben selbst die Optimisten nicht mehr mit dem Frühlingsanfang gerechnet.«

Britta ist ganz krank von diesem Traum. Sie hat geschwollene Lider, und wenn ich nur »Erdbeereis« sage, schüttelt ein fürchterliches Heulen ihren ganzen Körper. »Es ist ja nicht nur wegen der Sonne, des Urlaubs in Rimini oder dieser knappen Shorts, die ich im vergangenen Jahr im Sommerschlussverkauf erstanden habe. Ich könnte sogar auf die Lederpumps mit den hauchdünnen Riemchen verzichten.« Britta schluchzt, während ich die Heizung ein bisschen höherdrehe. »Aber ich habe da doch jemanden kennengelernt. Er ist wunderbar. Er macht mich ganz wirr. Letzte Woche hätte ich fast den Kopf verloren. Aber ich habe mich beherrscht. Schließlich wollte ich eine Frühlingsliebe. Mich mit der Sonne dabei abwechseln, ihn zu küssen. Im Park auf der schon warmen Erde sitzen. Hand in Hand dem leuchtenden Himmel entgegenrennen. Und jetzt? Muss ich noch ein Jahr warten. Du weißt, so lange kann ich unmöglich verliebt sein.«

Wahnsinnig verliebt

Meine Freundin Britta glaubt, dass sie den Verstand verlieren wird. »Irgendwann. Zeitnah. Ich werde einem Ole gegenüberstehen oder einem Franz, vielleicht auch Udo oder Philip. Ich werde die Augen schließen und mein Gehirn für immer versiegeln. Anders werde ich das Zusammenleben mit Männern auf Dauer nicht ertragen.«

Sollte ich jemals den Verstand verlieren, so wird das vormittags vor neun Uhr sein. Wenn ich um Viertel vor neun mit meiner Tochter das Haus verlasse, habe ich: zehn Minuten über die Notwendigkeit des Zähneputzens doziert, meiner Tochter eine Minute lang die Zähne geputzt, einen Marathonlauf immer dicht auf ihren Fersen veranstaltet, um der Kleinen die Haare zu kämmen. Ihr mit Engelszungen erklärt, dass blaue Gummistiefel auch für Mädchen keiner Menschenrechtsverletzung gleichkommen, zwanzig Minuten das Lieblingsstofftier zum Aufwiedersehen-Sagen gesucht und zweimal die Frühstücksdose neu gefüllt, weil sie schon auf dem Weg vom Bett ins Bad einer Heißhungerattacke erlegen ist.

Wenn wir aus dem Haus sind, müssen wir mindestens noch einmal umkehren, weil sie nach drei Schritten bis zum Knie in einer Pfütze steht. Manchmal auch, weil ich in aller Aufregung vergessen habe, dass meine Hausschuhe außerhalb geschlossener Räume unpassend und peinlich sind.

»Ja, ja«, sagt Britta, nachdem ich ihr meine Ereignisse entgegengesprudelt habe. »Entspann dich. Geh früh zu Bett. Sonst wirst du mir noch wahnsinnig, meine Liebe. Ich werde mich gleich mit Philip treffen. Er hat muskulöse Oberarme, und ich bete, dass er mich um den Verstand bringt.«

Eine himmlische Begegnung

Meine Freundin Britta hat sich in einen Pfarrer verliebt. Es ist während der Vorbereitungen zum Adventsbasar passiert. Er hatte einen Wäschekorb voller selbst gebastelter Weihnachtsmänner aus abgesägten Ästen in den Händen. Er guckte sehr erwartungsvoll. Er ist mit Britta zusammengestoßen, die ihr voll beladenes Auto mitten auf dem Gehweg parkte, um den alten Plunder von Tante Ella möglichst rasch aus dem Wagen ins Pfarrhaus zu kriegen. »Er hat alle Weihnachtsmänner fallen lassen. Er guckte mich an, als sei ich der brennende Dornbusch. Mir wird jetzt noch ganz heiß.«

Britta spielt mit dem goldenen Kreuz, das in ihrem Ausschnitt baumelt. Den Kreuzanhänger trägt sie seit der schicksalhaften Weihnachtsmann-Begegnung mit Hochwürden. »Keusch sieht das jetzt aber auch nicht gerade aus«, habe ich nach einem Blick in ihr tiefes Dekolletee geätzt. Aber Britta hat ihren Kopf in den Nacken geworfen, den Mund so weit geöffnet, dass alle zweiunddreißig Zähne wie zwei Perlenketten hinter den Lippen lagen. »Auf keusch steht Sebastian auch gar nicht so. Das habe ich schon ermittelt. Ich geh doch jetzt immer zur Beichte. Beim letzten Mal habe ich ihm alle scharfen und schmutzigen Details aus meiner bewegten Vergangenheit erzählt. Und er ist ziemlich ins Schwitzen geraten.«

Ich weiß nicht so recht, was ich von der Sache halten soll. Wenn Britta so weitermacht, kriegt Hochwürden die Exkommunikation oder zumindest einen Herzinfarkt. Andererseits würde ein Seelsorger Brittas labiler Persönlichkeit durchaus guttun. Und sie würde vermutlich immerhin so christlich werden, Sebastian bei der Weihnachtsfeier nicht mit einem seiner Kollegen zu betrügen, wie es sonst so ihre Art ist.

Aber Britta ist mittlerweile wieder vom Reli-Trip runter. »Er hat gesagt, wenn ich die Sünden mit den Jungs nicht ordentlich bereue und wenigstens vierundachtzig Rosenkränze bete, dann könne weder Gott noch er mir verzeihen. Das ist mir jetzt doch zu dogmatisch!«

Einmal H1N1 für den R2D2

Meine Freundin Britta hat Schweinegrippe. Es musste so kommen. Ich habe sie gewarnt. Ich habe ihr »Virugard« besorgt und Sanddornsaft zur Stärkung der Abwehrkräfte. Ich habe gesagt: »Feier nicht Karnevals-Sessionsbeginn. Trink keinen Alkohol. Lass dich impfen. Und vor allem: Geh nicht so nah an die Männer ran!« Aber Britta ist stur wie ein Pferd. Sie hat schon damals nicht auf mich gehört, als ich ihr sagte, sie solle keine sechs Spacecakes auf einmal essen, wenn der erste nicht sofort wirkt.

Jetzt jammert Britta wie ein Eichhörnchen, dem man den

Zugang zu den Winternüssen versperrt hat. »Ich habe Kopfschmerzen. Und Bauchschmerzen. Und Fieber. Mein ganzer Körper ist heiß wie ein frisch gebackener Ziegelstein.« Ich seufze und schlage ihr vor, Rotbäckchensaft vor ihre Tür zu stellen. Mehr als Geste, nicht, weil ich an die Wirkung glaube. Aber Britta möchte lieber ein Bier trinken gehen. Wenigstens eine Cola. »Das Schlimmste ist: Ich darf nicht raus. Guido wollte mir heute doch seine Star-Wars-Sammlung zeigen.« Ich versuche zu trösten. Sage, dass die Star-Wars-Figuren nicht alles im Leben sind und dass Männer mit Laser-Schwertern sehr lächerlich aussehen.

Aber Britta hat gerade einen Geistesblitz. »Es gibt ja kein offizielles Testergebnis. Schweinegrippen-Abstriche zahlt die Kasse nicht. Vielleicht habe ich nur Schnupfen. Oder einen leichten Magen-Darm-Infekt. Ich baller mir drei Paracetamol rein und dann: Guido, ich komme!«

Ich bin zu schwach, um zu widersprechen. Außerdem: Vielleicht macht jemandem, der zu Hause einen R2D2 neben dem Kühlschrank stehen hat, auch ein H1N1 nichts mehr aus.

Schwermut braucht kein Mensch

Meine Freundin Britta hört keine Musik mehr. Musik ist ihr zu emotional. »Ich heule dann meistens oder kriege es mit irgendwelchen Erinnerungen zu tun. Musik macht schwermütig. Und Schwermut braucht kein Mensch.« Britta ist bislang sehr konsequent gewesen. Aus ihrem Auto hat sie das Radio ausbauen lassen, ihre CD-Sammlung hat sie für fünfzig Euro bei E-Bay vertickt. Und wenn sie auf eine Party eingeladen ist, dann geht sie seit Kurzem nur unter der Bedingung hin, den ganzen Abend mit Stöpseln im Ohr verbringen zu dürfen und an keiner Unterhaltung teilnehmen zu müssen. »Gerade diese Tanzmusik macht mich ganz verrückt. Alle erinnern sich an ihre Jugend und bewegen sich auch so. Obwohl das Leben heute doch wirklich ernst und unglaublich seriös ist.«

Ich finde, dass Britta mal wieder übertreibt. Ich habe ihr gesagt, dass sie emotional verkümmert. Dass sie Gefühle zulassen muss, auch wenn die nicht immer lustig sind. Ich habe ernsthaft erwogen, eine Tränentherapie mit Britta zu beginnen. Drei Stunden heulen am Stück – das würde ihr guttun, davon bin ich überzeugt.

Aber ich muss mich gar nicht mehr bemühen. Die Therapie hat schon ein anderer angestoßen. Als ich Britta besucht habe, hat sie mir heulend die Tür aufgemacht. Elvis sang im Wohnzimmer »Love me tender«. Britta ist einem gar nicht so gut aussehenden Mann begegnet. »Es war magnetisch. Ich wollte mich auf seinen Schoß setzen, seinen Kopf in den Händen halten, seine Augenlider küssen. Ich muss ihn wiedersehen. Komm rein und weine ein bisschen mit mir und Elvis!«

Britta und die Freundschaft

Britta will reden

Meine Freundin Britta will, dass wir über unsere Freundschaft reden. »Eine Beziehung muss man pflegen. Wir können unmöglich weiterhin einfach so nebeneinander herleben«, hat Britta gesagt, als wir uns gestern im Schwimmbad getroffen haben. Sie hatte einen scharfen Zweiteiler an, obwohl wir nur im Stadtbad Bahnen ziehen und nach dem Auftauchen gleich wieder in der Umkleidekabine verschwinden. Ich konnte nicht aufhören, ihren Mund anzustarren, der erdbeerrot glänzte und so aus ihrem blassen Gesicht hervorstach, dass er ganz alleine, schnatternd und sich windend, über dem blauen Wasser zu schweben schien.

»Als Erstes rede mal ich. Zehn Bahnen lang. Dann kannst du. Aber unterbrich mich bitte nicht!«, hat der saftrote Wulst gefordert. »Neid spielt eine große Rolle. Unsere Beziehung leidet darunter. Damit du dich nicht wieder angegriffen fühlst: Ich verstehe dich. Meine Figur, mein Teint, mein Haar. Es muss eine Zumutung für dich sein, mit einer solch annähernd idealen Frau befreundet zu sein. Dann mein Gehalt, mein Charme, mein Händchen für Männer.« Zwei Bahnen, ich überlege, ob ich Britta ertränken soll.

»Aber für mich ist die Sache auch nicht leicht. Du ziehst mich manchmal runter. Außerdem fällt es mir schwer, mein Ernährungsprogramm durchzuziehen, wenn du dich neben mir mit Pommes vollstopfst.« Vier Bahnen, wenn ich Britta ablenke, knallt sie vielleicht gegen die Mauer.

»Unterm Strich sind wir also quitt. Reden macht eine Freundschaft einfach besser.« Ich hole tief Luft und entscheide, die restlichen Bahnen zu tauchen. Vielleicht breche ich einen Weltrekord. Britta soll platzen vor Neid.

Das Lächeln der Frauen

Meine Freundin Britta hört nicht mehr auf zu lächeln. Was an sich ein erfreulicher Umstand ist. Mir geht er gehörig auf die Nerven. Britta lächelt nämlich auch in Situationen, in denen jeder Mensch mit Verstand Falten zwischen den Augenbrauen bekommt, die Augen zu Schlitzen schmelzen lässt und Verwünschungen der unfeinen Art ausstößt. Britta sagt, es sei eine Art Training zur Erlangung innerer Glückseligkeit.

Vielleicht hat sie es irgendwo gelesen, vielleicht hat sie einen seltsamen Typen kennengelernt, der unter Harmoniesucht leidet. Auf jeden Fall lächelt Britta jetzt auch, wenn im Restaurant das Essen nach einer Dreiviertelstunde immer noch nicht da ist und der Kellner auf Nachfrage ein lapidares »Hab ich vergessen. Ich bestell's jetzt« hinrotzt. Oder als uns vor drei Tagen mitten auf der Kreuzung die Kupplung gebrochen ist, vor und hinter uns ein wütendes Aufbrüllen von Hupen und Geschrei, und Britta blieb lächelnd im Auto sitzen, rief den Abschleppservice an und stoppte das lockere Scherzen mit dem Gesprächsteilnehmer auch dann nicht, als er ankündigte, es könne ein bis zwei Stunden dauern, bis Hilfe käme. »Die tun doch ihr Bestes«, lächelte Britta nach dem Auflegen. Und: »Was sind schon zwei Stunden? Ich wollte dir ohnehin noch etwas erzählen.« Ich schrie: »Zwei Stunden meines Lebens, nur weil diese Krücke noch ein Päuschen machen muss, bevor sie uns hier rausholt.«

Britta lächelt auch dann, wenn ich ausraste. Irgendwo muss da ein bisschen Wut in Britta sein. Ich habe alles versucht. Ihr alles an den Kopf geworfen, was unsere langjährige Freundschaft an Fehltritten oder Dummheiten so hergibt. »Du hast dich so saublöd benommen, dass kein Chef der Welt dich eingestellt hätte«, warf ich ihr nach einem verpatzten Vorstellungsgespräch an den Kopf. Ich habe sogar meine Fehltritte thematisiert. Ich wollte nichts so sehr, wie das Lächeln aus ihrem Gesicht fallen sehen. »Ich habe in der Nacht der Abi-Feier mit deinem Freund rumgeknutscht, weil der so sinnliche Lippen hatte und kaum Widerstand leistete.« Britta hat tapfer weitergelächelt. Ihre Lippen haben nicht gezuckt. »Ich verzeihe dir, du bist doch meine beste Freundin.«

Ich weiß jetzt, warum Britta das geheimnisvolle, mild-bescheuerte Lächeln so kultiviert. Frauen, die statt zu lächeln einen Wutanfall herauslassen, kommen nämlich nicht weit. Eine Wissenschaftlerin von der Yale-University in New Haven hat das herausgefunden. Wenn Männer toben, steigert das ihre Reputation. Frauen müssen in der Öffentlichkeit jedoch auch dann lächeln und ruhig bleiben, wenn sie gereizt werden. Sonst schädigen sie ihren Ruf. Den können sie nur retten, wenn sie nach dem Wutausbruch erklären, warum sie so wütend waren. Männer müssen das nicht.

Ich bin sehr wütend. Nicht mehr auf Britta, sondern auf die Studienteilnehmer oder einfach auf diese ungerechte Mona-Lisa-Welt. Erklären werde ich das nicht. Lieber werde ich ein Mann.

Sprechende Kaffeetassen

Meine Freundin Britta will aufhören, mit Menschen zu kommunizieren. Ich habe ihr natürlich gesagt, dass sie Unmögliches versucht. Dass sie es gleich bleiben lassen soll. Schließlich können Personen nicht nicht kommunizieren. Zumindest dann nicht, wenn sie sich gegenseitig wahrnehmen. Sagte zumindest der österreichische Kommunikationswissenschaftler und Psychotherapeut Paul Watzlawick, und ich bin sicher: Er hat recht.

Zumindest bislang spricht sogar Brittas Blick Bände. Sie öffnet den Mund nicht, sie zischt keine verletzenden Worte wie Pfeile aus ihrer Zunge, aber in ihren Augen liegen sicher zwanzig Sätze, um ihren Mund herum noch mehr. »Ich habe keinen Bock mehr« zum Beispiel. Und: »Ihr versteht mich ja doch nicht.« Beschimpfungen sind da in großer Zahl. Und Vorwürfe. »Du hörst mir nie zu« zum Beispiel. »Du willst immer recht haben.« »Und überhaupt bin ich beleidigt« ist gerade Brittas deutlich vernehmbare, wenn auch nicht laut ausgesprochene Hauptaussage.

Aber natürlich sind Inhalte gar nicht so wichtig. Deshalb spielt es auch keine Rolle, wenn ich Brittas inhaltliche Botschaft nicht hundertprozentig richtig entschlüssle. Viel wichtiger ist ja der Beziehungsaspekt ihrer Sendungen. Und den hat Britta schon immer auf der nichtverbalen Ebene transportiert. Kaputte Kaffeetassen bedeuteten: »Ich bin fertig mit dir.« Geknallte Türen habe ich immer ungefähr übersetzt mit: »Ich bin wütend. Immer hebelst du meine Argumente aus, und ich muss mich am Ende wahrscheinlich wieder entschuldigen. Ich habe es satt.« Tränen hießen: »Du bist so gemein.«

Britta weiß ja gar nicht, was sie anrichtet. Seit drei Tagen vermittelt ihr abgewendeter Blick nicht mehr Wut, sondern Überheblichkeit. Sie sagt mir: »Siehst du, wir streiten nicht mehr. Ich habe das Problem gelöst. Keine Kommunikation ist doch eine Lösung.« Ich bin entsetzt. Ich habe es kommen sehen. Britta kommuniziert nicht nur nicht. Sie konstruiert mit ihrer versuchten Weigerung zu kommunizieren sogar eine Wirklichkeit, in der Kommunikation auch keine Lösung mehr ist.

Ich würde Britta gerne sagen, dass unsere Beziehung in eine ungute, asymmetrische Richtung abgleitet. Dass sie mich in die Rolle der Hilflosen drängt. Dass sie noch nie so deutlich gesagt hat, was sie von mir denkt, seit sie mir nicht mehr sagt, was sie von mir denkt. Aber Britta will ja nicht reden. Deshalb gehe ich einfach. Tassen zerschlagend. Türen knallend. Heulend.

Postkarten aus Gütersloh

Meine Freundin Britta lebt in Gütersloh. Sicherlich hat auch Gütersloh seine schönen Seiten. Britta schickt mir hartnäckig Ansichtskarten – Bildergeschichten von der Schönheit ihrer Stadt. Ich halte diese Karten für Fälschungen.

In ästhetisch unansprechender Umgebung vergeht mir jede Lebensfreude. Zwei Monate habe ich in Hale, einem britischen Hafenstädtchen, verbracht. Eine Inselphobie ist davon geblieben.

Damit kein falscher Eindruck entsteht: In einer versifften Altbauwohnung mit Kohleofen und unverputzten Leitungen habe ich die schönste Zeit meines Lebens verbracht. Aber ein gewisses Flair ist unabdingbar. Einen Chefredakteurinnen-Posten in Gießen würde ich ohne Wimpernzucken ablehnen, zu einer Liebesnacht in Gütersloh könnte mich nicht einmal Johnny Depp überreden.

Britta hat kein Verständnis für meinen Umgebungstick. Sie will mich zur Abhärtungskur einen Monat in die Pressestelle der Uni Bochum einschleusen. Fast hat sie mich von meiner Phobie vor scheußlichen Orten kuriert. Zumindest habe ich ein neues Feindbild: scheußliche, grausame Freundinnen. Da hilft ihr jetzt auch kein Umzug mehr.

Lügen haben lange Beine

Meine Freundin Britta hat zugelegt. Direkt über dem Hosenbund, was unvorteilhaft aussieht. Vor allem weil ihr Oberkörper zu kurz ist, gestaucht ist wohl das passende Attribut. Außerdem hat sie sich beim Friseur die Haare aufhellen lassen. Jetzt sieht sie aus wie ein etwas zu dicker Rehpinscher, was kein Kompliment ist. Aber die Wahrheit.

Lügen kommen aber irgendwie besser an. »Nein, in der neuen Hose siehst du glatt drei Kilo leichter aus. Auch die Proportion Oberkörper–Beine ist ideal. Wirklich. Die Haarfarbe passt ganz ausgezeichnet zu deinen braunen Augen.« Drei Lügen. Am Tag summieren sie sich auf rund zweihundert, sagen Wissenschaftler.

Was gar nicht schlimm ist. Der Tanz um die goldene Wahrheit ist ohnehin Ausdruck einer Moral, die meist als Rechtfertigung herhalten muss, wenn die Sitten verrohen. Wollen Sie, dass Ihr Nachbar Ihnen erklärt, warum er Sie für ein arrogantes, unhygienisches, dazu schiefzähniges Miststück hält? Wollen Sie, dass Ihre Kollegen auf die eilig aus Höflichkeit hingeworfene Frage »Wie geht's?« rumheulen, wie schlecht es um die eigene Ehe, die Liquidität und das Abnutzungsekzem am Zeh steht?

Ich will das nicht. Wahrhaftig und authentisch sein ist zu einem Volkssport der Underdogs geworden. Und die finden sich ganz zeitgeist-schick, wenn sie den Kunden an der Kasse merken lassen, dass sie jetzt so gar keine Lust auf Belästigung haben. So bin ich halt, das ist nicht zu ändern. Es ist manchmal gelogen, wenn der Kellner bei der zweiten Umbestellung freundlich lächelt und »Kein Problem« sagt. Aber es ist schön. Die Abwandlung der Wahrheit trägt zur Weiterentwicklung des Menschen bei. Und ist dem Zusammenleben zuträglich.

Ich werde Britta deshalb nicht sagen, dass sie aussieht wie ein Rehpinscher. Am besten lügt laut Wissenschaftler derjenige, der sich selbst von der Lüge überzeugt. Wenn ich es mir recht überlege, hat Britta gar keinen gestauchten Oberkörper. Eher Beine so lang wie eine Gazelle. Das werde ich ihr beim nächsten Treffen sagen. Unsere Freundschaft wird das festigen.

Funkstille am Suez-Kanal

Meine Freundin Britta ist verreist. Was für mich ebenso entspannend ist, wie selbst in den Urlaub zu fahren. Es ist so ruhig wie in der Sahara. Die Stille legt sich wie eine enge weiche Mütze um meine Ohren. Irgendwo ein feines Rauschen. Kein Telefonklingeln. Keine hysterischen Aufschreie. Keine Ermahnungen. Keine »Oh mein Gott, jetzt haben wir wirklich ein Problem«-Ausrufe. Weil die Fliege sich auf die Käseplatte gesetzt hat. Oder weil die Butterpreise noch mal um fünf Cent gestiegen sind. Wegen eines abgebrochenen Absatzes, eines tropfenden Wasserhahns, einer vergammelten Kiwi.

Die Welt hat eine neue Tonqualität. Ich glaube, Britta hat eine eigene Frequenz, auf der niemand sonst kommuniziert. Es gibt Presslufthämmer. Es gibt brüllende Babys. Es gibt Messer, die auf Porzellan quietschen. Es gibt Explosionen. Und es gibt Britta. Ihre Stimme ist eine Mischung aus Quietschen und autoritärem Brüllen, was besonders unangenehm ist. Aber ich will gar nicht daran denken. Britta ist erst einmal weit genug weg, um nicht gehört werden zu müssen. Und das ist die Hauptsache.

Zwei Tage lang fühlte ich mich wie unter Wasser. Manchmal knisterte es. Ab und zu – ganz gedämpft – reichte ein Flüstern an mein Ohr. Langsam kehre ich zurück zur Normalität. Ich habe mich heute Morgen am regnenden Plätschern der Dusche erfreut. Am feinen Knurren der Bürste, wenn sie meine nassen Haarsträhnen durch die Borsten zwingt. Am trockenen Raspeln, das entsteht, wenn ich Butter auf den Toast streiche.

Die Entspannung dauerte noch genau drei Stunden. Dann hat Britta am Suez-Kanal eine Telefonzelle entdeckt. »Jetzt haben wir aber so was von einem Problem«, hat sie in den Hörer gebrüllt. »Ich habe mein Handy-Aufladekabel zu Hause vergessen. Du kannst mich gar nicht erreichen.« Ich habe gelächelt, weil ich jetzt weiß: Es gibt einen Gott.

Mein Leben ist ein ganz schlechter Film

Meine Freundin Britta ist Regisseurin. Sie hat kein Drehbuch. Aber sie wird ihr Leben verfilmen. Und das ihrer Umwelt. Ich werde auch darin vorkommen, und Sie laufen möglicherweise mit einer Handtasche und finsterem Gesichtsausdruck aus einem Waschsalon. Begleitet von »Highway to Hell«.

Sie müssen keine Angst haben. Sie werden sich nie in einer Schmonzette wiederfinden, wenn Sie in den Kinosessel sinken. Brittas Film läuft nur in ihrem eigenen Kopf. Was schlimm genug ist. Denn sie drangsaliert die Schauspieler, die sie kennt, mit Regieanweisungen.

Als ich gestern nach einem anstrengenden Tag mit Kopfschmerzen an ihrem Küchentisch saß, müde, angenervt, da stellte sie den Lautstärkeregler des Radios hoch und ließ Kelly Clarkson »Because of you« in den Raum schreien. In meinen

Blick schlich sich Wut, und Britta hatte nichts zu sagen als: »Nein, so gequält war besser. Das passt genau in meinen inneren Film. Frau hat ihren Job verloren und wird nach Fehlgeburt von ihrem Liebsten verlassen. Du bist nicht schlecht in der Rolle.« Noch besser bin ich in der Rolle: Frau mit Dumpfbackenfreundin, rasend, wutentbrannt.

Die Siegerin von Canossa

Meine Freundin Britta geht aus jedem Kampf als Siegerin hervor. Auch wenn sie schon auf Knien liegt und durch den Schlamm robbt, am Ende gewinnt sie doch. Ich kann moralisch im Recht sein wie die Großmutter gegenüber Räuber Hotzenplotz. Aber am Ende, fragen Sie mich nicht, wie sie das immer hindreht, würde sich jeder Moralapostel auf ihre Seite stellen. Vielleicht liegt es daran, dass sie die Lider ihrer Augen hochziehen und im Lichtfleck der Iris das Leid der Welt spiegeln kann. Vielleicht daran, dass sie auf eine Art und Weise »Es tut mir leid« sagen kann, dass Außenstehende denken könnten, sie sei das Mädchen mit den Zündhölzern und ich ein dicker, selbstzufriedener Bauer, dem sie gerade eine Kartoffel geklaut hat.

Zum Beispiel damals, als sie meinen Freund Karl zum Nacktbaden mit Anfassen im Dorfweiher eingeladen hat. Dass er sich darauf eingelassen hat, ist eine andere Geschichte. Aber in Männer um die zwanzig sollte man keine allzu großen Hoffnungen setzen, das wusste ich. Von Britta war ich dagegen sehr enttäuscht. Ich habe mir fest vorgenommen, sie zur Nacktschnecke zu machen. Ich habe im Auto auf der Fahrt zu ihr ein Plädoyer für die moralische Verwerflichkeit ihres Tuns einstudiert. Ich habe mein Kinn gehoben wie man es nur tut, wenn das Gegenüber gleich auf den ersten Blick die ganze Missbilligung und Enttäuschung spüren soll.

Und dann kam Britta. Dicke Schicht Wimperntusche, von den Augendeckeln hinuntertropfend Richtung Mundwinkel. Zitterndes Kinn. Schmerzverzerrtes Gesicht. Wimmernd. Rotzend. Aus dem Mund nur ein dramatisches »Es tut mir leid«, das jedem Rosamunde-Pilcher-Film gut zu Gesicht gestanden hätte. Sie nahm meine Hände und küsste und schleimte auf deren Rücken. Sie wand sich. Sie blickte von unten nach oben, wie das eigentlich nur Männer können, die den Hochzeitstag vergessen haben.

Britta ist nach diesen Canossa-Vorstellungen moralisch rein und sauber wie die Seele eines Babykätzchens.

Cruisen mit toten Tieren

Meine Freundin Britta schläft schlecht. Sie sieht aus wie Michael Douglas im Film »Wonderboys«, als er eine ganze Nacht den erschossenen Hund seines Chefs beziehungsweise des Gatten seiner Geliebten durch die Gegend fährt, unglaublich viel Shit raucht, Beruhigungspillen einwirft und darüber nachdenkt, wie er sein Dreitausend-Seiten-Manuskript zu Ende bringen soll, ohne deshalb die nächsten hundert Jahre seines Lebens bekifft sein zu müssen.

Als ich sie nun getroffen habe, dachte ich, sie hätte sich als Vampir verkleidet und die Schminke nicht runtergekriegt. Ich dachte natürlich gleich an einen Mann. Einen wunderbaren, der sich in entscheidenden Situationen aber als Schuft entpuppt. Oder an einen, der alles richtig macht, aber mit Britta nach Sibirien auswandern will. Ist alles schon vorgekommen.

Diesmal ist es anders: Sie war nur die ganze Nacht auf den Beinen, hat einen erschossenen Hund durch die Gegend gefahren, unglaublich viel Shit geraucht, Beruhigungspillen eingeworfen und darüber nachgedacht, wie sie mir beibringen soll, dass der Hund gar kein erschossener Hund ist, sondern eine überfahrene Katze. Meine Katze.

Versöhnung mit zwölf Exfreunden

Meine Freundin Britta will sich versöhnen. Vielleicht liegt es daran, dass Brittas steinaltes Kaninchen in den vergangenen Wochen erblindet ist und an Inkontinenz leidet.

»Ich weiß jetzt, was wirklich zählt im Leben«, hat Britta gesagt und einen ganzen Abend nicht über Trendfarben gesprochen, nicht über unfähige Friseure und nicht über an Spannkraft verlierende Männerhintern. Nicht einmal die sündhaft teure Markenhandtasche mit echtem Edelsteinbesatz hat sie erwähnt, die sich Britta seit mehr als fünf Jahren stur von mir wünscht. Was ich jährlich wiederkehrend ignoriere.

Britta hat eine Liste gemacht. Zwölf Exfreunde stehen darauf, ihre Cousine Tilly, der sie Sebastian ausspannte, bevor auch Sebastian sich nach kurzer Verweildauer auf die Exfreund-Liste trollte (Position sechs). Tante Edeltraut, der sie zum Siebzigsten zu gratulieren vergessen hat, obwohl gerade Edeltrauts Sägewerk abgebrannt war und sie familiären Trost und Wünsche deshalb gut hätte gebrauchen können. Und natürlich Renate, die einmal vorübergehend einer Sekte beigetreten ist und bei einem Kaffeekränzchen erwähnte, sie könne – so leid es ihr tue – nicht mehr mit einer Ungläubigen an einem Tisch sitzen. Britta möchte sich mit Oliver versöhnen. Er hat ihren Kanarienvogel getötet, weil er zu Karneval mit einer Teufelsmaske in den Vogelbauer blickte. Worauf der altersschwache Vogel mit einem Herzschlag reagierte. Mit Senta, die an Brittas dreißigstem Geburtstag (was auch schon wieder Jahre her ist) mit einem Dauergrabpflegevertrag als Geschenk vor der Tür stand. Und mit Christian, der sie einmal an einem trüben Karfreitag mit einer »dicken, hässlichen Fleischereifachverkäuferin« betrog.

Britta hat ja recht. Was sollen all diese alten Wunden? Nachtragend sein macht Falten und einen verkniffenen Zug um den Mund. Ich habe mir ein Beispiel an Britta genommen. Ich wollte ihr verzeihen. Alles. Die Sache mit Karl (Exfreund-Liste, Position drei), meine zerbrochenen Lieblingseierbecher, die Beleidigungen, die sich fast immer auf meine Fesseln konzentrierten. Und was sagt Britta? »Du hast im Sommer nach dieser Flasche Sangria gesagt, ich würde nur Mist erzählen. Und seit Jahren so gelangweilt mit den Augen gerollt. Du glaubst doch nicht, dass ich mich mit dir versöhne!«

Feind verzweifelt gesucht

Meine Freundin Britta ist an und für sich ein glücklicher Mensch. Sie hat viele Freunde, eine nette Wohnung, einen guten Job, liebe Kollegen sowie ein stubenreines Meerschweinchen. Trotzdem hadert sie mit ihrem Schicksal. In ihrem ganzen Leben habe sie noch keinen Feind gehabt. Einen Widerling, der sie so richtig abgrundtief hasste und den sie ebenso abgrundtief hassen konnte.

Ich habe ihr geraten, den Job zu wechseln, weil ein schlechtes Arbeitsklima der ideale Nährboden für Feindschaften ist. Britta heuerte in einer Firma an, die fürs Mobbing verschrien war. Sie kam an drei aufeinanderfolgenden Tagen zu spät, sie schmatzte in der Kantine, und sie zeigte mit den Fingern auf das viel zu enge Shirt der Sekretärin – vergeblich: Brittas Kollegen blieben freundlich. Einen Feind hat sie nicht gefunden.

Britta war verzweifelt. Ich habe ihr geraten, sich einen Mann nebst Schwiegermutter zu suchen. Schwiegermütter, so sagte ich, eignen sich in nahezu idealer Weise als Feind. Britta hat meinen Rat befolgt. Sie lachte sich ein Muttersöhnchen an, kam zum ersten Treffen mit seiner Mutter im Jogginganzug und mit ungeschnittenen Fingernägeln. Sie hat beim Essen gerülpst und erwähnt, dass sie sich für eine geregelte Arbeit in keinem Fall eignet.

Die Mutter hat nur gelacht, sie beim Abschied beiseite genommen und gesagt, dass sie ihre Natürlichkeit und Offenheit sehr schätze. »Wir werden sicher gute Freundinnen.«

Britta hat mich angerufen. Sie war in Tränen aufgelöst. Sie tat mir sehr leid. Ich habe ihr an den Kopf geworfen, dass sie mich vor achtzehn Jahren just zwei Tage vor meinem ersten Date mit Oliver mit Masern angesteckt hat und ich ihr das nie verzeihen würde. »Ich hasse dich«, habe ich in den Hörer gebrüllt.

Treffen mit Rückblick

Der inflationär auftretende Bartansatz ist mir im Gedächtnis geblieben. Unter vierzehn von sechsundzwanzig Mündern, Frauen mitgerechnet. Der Nudelsalat, der nach Eiern roch und nach Zwiebeln. Das Lied »Was wollen wir trinken, sieben Tage lang?«, das ein irres Gemeinschaftsgefühl heraufbeschwor. Wie ein Demonstrationsbanner lag das über der nächtlichen Wiese. »Wir sind schon ein ganz cooler Haufen gewesen«, stand da drauf. Unsichtbar. In den spärlichen Worten zwischen Zigarette und Knabbergebäck erschöpfte sich das große Versprechen dann im müden »Weißt du noch, wie der rote Rudi in Geschichte immer bis in die dritte Reihe gespuckt hat, wenn er ›Nationalsozialismus‹ aussprach?« Dann gingen nur noch Listen rum, auf denen sich Praktika in ganz angesagten Firmen die Hände zum Ringelreihen reichten.

Das Gedächtnis ist gegen weitere Klassentreffen. Es erinnert sich zu gut. Daran, dass aus den wilden Banknachbarinnen zwei Jahre später Hosenanzugträgerinnen geworden waren. Auch meine Freundin Britta wird in diesem Jahr nicht mitkommen. »Erinnerst du dich? Beim letzten Mal bin ich ganz euphorisch gewesen, hab mich aufgebrezelt und zwei Tage nur Reis gegessen, damit ich nicht so fett aussehe. Und wozu? Um festzustellen, dass die zwei einstigen männlichen Hoffnungsträger in Sachen Attraktivität plötzlich seltsame Brillen und tiefsitzende Hosen trugen, damit der Bauch sich darüber entfalten konnte.«

Rotze-Volker, der nie ein Taschentuch benutzt hatte, hat eine Internetfirma gegründet, in der er »richtig Schotter« macht. Fliegerohren-Silke kam mit Damian, einem braun lackierten Steuerberater und Sportflieger, der kommafrei davon redete, dass Geld »ja gar nicht wichtig« sei. Pokemon-Hubi, der acht Jahre auf der Grenze zum Autismus gewandelt war, hatte einen »fetten« Vertrag als Pressesprecher bei einer Computerfirma unterschrieben und redete bis zu sechs Worte am Stück.

In diesem Jahr ist wieder Klassentreffen. Fünfzehn Jahre. Ich kann nur vermuten, wie Klassenrüpel Andreas heute aussieht, wie erfolgreich Einschleim-Jessi geworden ist, wie kinderreich Andrea mit der Volksmusikklatsche, wie polyglott der Aktentaschen-Rüdi. Das Ergebnis klingt wenig vielversprechend.

Das Fünferjubiläum habe ich boykottiert, woraufhin ich vom Klassentreffen-Komitee einen Fahndungsbrief erhielt. Unter einem Foto von mir während eines leicht debilen Lachanfalls stand: »Vermisst. Du hast dich leider nicht gemeldet!« Seitdem fühle ich mich wie eine Haftentsprungene, die immer wieder zum Knasti-Treffen eingeladen wird.

Diesmal werde ich hingehen. Neugier, Masochismus, Selbsthass, was auch immer. Ich werde Nudelsalat machen, meine Praktikumsliste aktualisieren. Und debil lächeln. Dann wird wenigstens niemand sagen: »Mein Gott, hast du dich verändert!«

Britta und der Sport

Nie wieder Ken

Meine Freundin Britta hat mir einen Personal Trainer empfohlen. Was an sich natürlich schon eine Unverschämtheit ist. Ich bin sehr sportlich, wenn auch etwas aus der Übung. Aber gut, Freunde müssen einem auch mal in den Hintern treten, und Brittas Hauptqualifikation als beste Freundin ist die Tatsache, dass das In-den-Hintern-Treten zu ihren Lieblingsbeschäftigungen gehört.

Als ich sie neulich in ihrer neuen Wohnung im fünften Stock besuchte, habe ich ein bisschen geschnauft, als ich oben ankam. Ich habe versucht zu lächeln. Ich habe nicht gesagt, dass ich auf dem Treppenabsatz der dritten Etage eine kleine Picknickpause eingelegt habe, weil ich sonst kollabiert wäre. Und trotzdem begrüßte mich Britta, die bei solchen Sätzen immer mit den Fußsohlen wippt, mit den Worten: »Du warst auch schon mal fitter. Du brauchst dringend einen Personal Trainer.«

Ich habe nachgegeben. Ich habe meinen Stolz meinen Stolz sein lassen, meine Oberarme begutachtet, die schon mal straffer waren, und habe mich mit Ken getroffen. Einmal. Nie wieder. Ken, dessen Name mich schon hätte misstrauisch machen sollen, ist der bornierteste Mann, der mir je begegnet ist. Er hat kein einziges Mal gelächelt. Er hat alles besser gewusst. Er hat mich angesehen und gesagt: »Ideal ist das nicht.« Und: »Mach bloß keine Liegestütze. Frauen können keine Liegestütze. Du kannst es versuchen, aber ich sage: Es wird nicht funktionieren.« Ich habe ein ganzes Zirkeltraining durchgehalten. Ich habe nicht gebrüllt, ich habe ihn nicht bespuckt. Ich bin sehr stolz auf mich. Ken überlasse ich Britta. Als Aggressions-Trainer.

Dreiundzwanzig Meter Brennnesseln zum Ruhm

Meine Freundin Britta ist im Brennnesselfieber. Für das Wochenende will sie sich nichts vornehmen, sie will nicht Fußball gucken, sie will nicht in Kneipen gehen, nicht ins Museum, nicht mal shoppen. Was Britta glücklich macht, das wächst im Wald. Ich habe erst nicht gewusst, wie ich ihren Brennnesselwahn einordnen soll. Eigentlich findet Britta Grünzeug langweilig. Ihr Verlangen nach Currywurst und Pommes ist legendär – wenn ich morgens Croissant esse, schwärmt sie von Mettbrötchen, und manchmal pflückt sie pikiert den Rucola von der Pizza. Jetzt will sie Brennnesseln in ihrem Körbchen. Und: Sie will sie essen. Roh. Ich dachte, sie hat jetzt den Gesundheitswahn, weil Brennnesseln ja auch gesund sein sollen, für den Magen oder die Galle oder ich weiß nicht so recht. Aber ich habe mich getäuscht. Leider. Britta ist nicht gesundheitsbewusst. Britta ist verrückt.

Sie hat davon gehört, dass in Großbritannien die Weltmeisterschaft im Brennnesselessen stattfindet. Paul, Grafikdesigner, Durchschnittsgesicht, dafür mit einer Strickmütze auf dem Kopf, hat zwanzig Meter Brennnesseln verspeist. Ungewaschen, ein paar Schnecken hätten noch drangeklebt, hat er ekelhafterweise im Fernsehen erzählt. Käfer auch. Und Spinnen – wenn er das Knacken zwischen den Zähnen richtig gedeutet habe. Und jetzt hat Britta ein neues Idol. »Du bist zu oberflächlich. Das ist ja fast schon ein politisches Statement. Weg mit all dem Ballast, zurück zur Natur. Außerdem ist es Kunst.« Sagt Britta. Ich weiß nicht genau, was Britta damit meint. Vielleicht meint sie Pauls Zunge, die nach den zwanzig Metern Grünzeug dunkelgrün war wie der Nil. Oder die Strickmütze. In jedem Fall trainiert Britta jetzt das Brennnesselessen. Dreiundzwanzig Meter will sie schaffen, dann hätte sie den Weltrekord gebrochen. Vielleicht reist sie nach England. Mit Paul, so sagt sie, würde ihr das Training noch mehr Spaß machen.

Einmal zu Olympia

Meine Freundin Britta will zu Olympia. Erst habe ich das für eine schöne Idee gehalten. Schließlich ist Britta in ihrem Irrsinn manchmal sehr großzügig, und ich liebäugelte schon damit, dass sie zwei Flüge nach London gebucht haben könnte, um mit ihrer besten Freundin (mir) den Leichtathleten zuzujubeln. Ich habe mir einen Schwarz-Rot-Gold-Puschel gebastelt, mit dem ich die deutsche Mannschaft anfeuern wollte. Aber Britta hat mich enttäuscht. Ich ahnte es, als sie sich einen Ganzkörperschwimmanzug kaufte und sich mit mir im Freibad verabredete. Britta will nicht als Zuschauerin zu den Sommerspielen nach London. Sie will als Olympionikin dorthin. Natürlich: Britta war als Jugendliche Mitglied in einem Schwimmverein. Sie hat drei Bronzemedaillen einer Stadtmeisterschaft in der süddeutschen Provinz gewonnen. Sie startete einmal bei den Bayerischen Schwimmmeisterschaften, was sie mir mindestens zehn Jahre lang in wiederkehrender Regelmäßigkeit erzählt hat, wenn wir zufällig gemeinsam auf der Liegewiese des Freibads Pommes mampften.

Jetzt will Britta aber raus aus dem »Ich-erzähle-von-den-Erfolgen-meiner-Vergangenheit-Schwärmen« und rein in die »Meine-Zukunft-wird-golden-Nummer«. Sie will ins Becken springen und auf ihrer Paradedisziplin 100 Meter Rücken die Konkurrenz nass machen. Ich habe ihr gesagt, dass ihre Bestzeit gut zwanzig Sekunden über der der Olympiasiegerin Natalie Coughlin liegt. Ich gab zu bedenken, dass es peinlich werden könnte, wenn alle schon duschen, während Britta noch an der Wende taucht. Ich habe gesagt, dass sie in zwei Jahren dem vierzigsten näher sein wird als dem dreißigsten Lebensjahr.

Aber Britta lässt sich nicht so leicht davon abbringen. »In Peking ist eine neunundvierzig Jahre alte Radrennfahrerin gestartet, die gar nicht schlecht abgeschnitten hat. Du solltest Menschen nicht wegen ihres Alters diskriminieren. Außerdem warst du auf 100 Meter noch langsamer als ich.« Britta hat recht. In einer Disziplin habe ich Britta aber immer geschlagen. In der, die Dinge realistisch einzuschätzen. Aber Britta hört mich schon gar nicht mehr. Sie schaufelt sich zwischen hohen Wellen durchs Becken. Mir bleibt nur der Schwarz-Rot-Gold-Puschel zum Zujubeln.

Hausgymnastik für die Liebe

Meine Freundin Britta sagt, dass Rückschlagspiele die Liebe retten. Will heißen: Wer mit seinem Partner Federball spielt, wird harmonische Zeiten haben. Ein Sportpsychologe der TU Darmstadt hat das herausgefunden. Der Forscher bringt mich in eine psychologisch schwierige Situation. Ich fühle mich genötigt, mit meinem Mann Badminton zu spielen. Oder immerhin joggen zu gehen. Schließlich soll die Liebe fit bleiben. Das Problem: Sport mit Männern ist nicht so mein Ding.

Ich habe nichts gegen sportliche Männer. Im Gegenteil. Ich habe auch nichts gegen Männersportarten. Leider. In der Oberstufe habe ich mit einer Freundin einen Leichtathletikkurs belegt, den sonst nur Jungs besuchten und der von einem verhinderten Bundeswehrausbilder geleitet wurde. Bevor wir zum Hochsprung angelaufen sind, sagte er immer: »Achtung, Stange tiefer legen, die Mädchen kommen!« Und wenn ich beim 100-Meter-Lauf so richtig schnell war, meinte er: »Claudia, Sie haben sich überfordert. Ihre Beine sind ganz rot.«

Das hat mich am meisten getroffen. Schließlich bin ich eine Frau und möchte – das hat der Gesundheits-Survey des Robert-Koch-Instituts ergeben – beim Sport gut aussehen. Da liege ich voll im Trend. Rote Beine – das stimmt mit meinem Idealbild von eleganten, langbeinigen Gazellen so gar nicht überein.

Sport mit Männern könnte trotzdem gelingen. Wenn ich beispielsweise mit meinem Mann um den Ententeich joggen würde. Er zwanzigmal. Ich fünfmal. Dafür mit perfektem Lächeln und Schwung in den Haaren. Leider kommt uns eine Eigenschaft in die Quere, die Sportpsychologen nur den Männern zuschreiben: sportlicher Wettkampfgeist. Den haben nach Meinung einer Professorin des Robert-Koch-Instituts vor allem die Männer, während Frauen sich der Ästhetik und der Gesundheit widmen. Anmut, Sanftheit, Duldsamkeit. Männer haben mehr Muskeln, weniger Fett, mehr Lungenvolumen und rote Blutkörperchen. Frauen können ihren Ellbogen um sechs Grad weiter überstrecken als Männer. Macht mich das stolz? Hausgymnastik, oder was?

Nein. Ich will auch schwitzen beim Sport. Und ich will auch gewinnen. Vielleicht deshalb, weil ich mir die Sache mit der Ästhetik ohnehin an die rot angelaufenen Beine schmieren kann. Ich habe lange überlegt. Im Fußball ist mir mein Mann haushoch überlegen. Meine Frustrationstoleranz bei Ballsportarten ist ohnehin gering. Was zu unsportlichem Verhalten führt. Tun Blutgrätschen der Partnerschaft gut? Kopfstöße à la Zidane? Schienbeintritte? Nein, Mannschaftssportarten scheiden aus.

Individualsportarten empfiehlt Britta, weil dabei gelernt wird, Kompromisse einzugehen. Tolle Idee! Habe mich mit meinem Mann im Schwimmbad verabredet. Mit plattem Haar und Schwimmbrille ist der ästhetische Faktor zwar als relativ niedrig einzuschätzen. Dafür werde ich triumphieren. Nicht weil ich eine Sportskanone bin. Sondern einzig und allein, weil ich eine Frau bin. Frauen schwimmen nämlich besser im Wasser, sagt die Wissenschaft – wegen der dickeren Fettschicht der Haut. Doof aussehen und siegen. Was für ein Kompromiss!

Extremerfahrungen

Meine Freundin Britta will den Marathon laufen. Ich habe gewusst, dass das irgendwann passieren würde. Britta muss sich in jeder Lebenslage beweisen, dass sie nicht normal ist. Dass sie einen Knall hat. Dass sie bis zum Äußersten gehen kann.

Als wir noch jung waren, hat Britta immer am meisten geraucht. Sie hat abenteuerliches Zeug in ihren Schwarzen Krauser gedreht. Sie hat einen weiteren Cabernet Sauvignon bestellt, wenn wir anderen nicht einmal mehr das Wort Cola verständlich aussprechen konnten und ohnehin lieber auf den Bänken lagen und kicherten. Als Size Zero in Mode war, aß Britta zwei halbe Äpfel am Tag. Als sie auf einer Party mal zwei Handvoll Chips gegessen hatte, legte sie sich danach inmitten der Gäste auf den Boden und machte zweihundert Situps.

Heute will sie von ihren ungesunden Süchten nichts mehr wissen. Sie raucht nicht, sie trinkt nur Apfelsaft, sie ernährt sich gesund. Und sie läuft achtzig Kilometer in der Woche. »Unter zehn Kilometern am Stück kriegst du mich gar nicht vom Sofa. Ich bin nicht so der Typ für Spaziergänge.« Richtig gut fühlt sich Britta nach dem dreißigsten Kilometer. »Die ersten Krämpfe in den Oberschenkeln lassen nach. Ich spüre mein Hüftfett nicht mehr. Und meine Beine auch nicht. Und wenn ich nach dreißig Kilometern noch nicht in den Straßengraben gekotzt habe, dann kommt auch nichts mehr. Ist das nicht wunderbar?«

Marathonlaufen muss fantastisch sein. Für mich ist es nichts. Meine extremste Extremerfahrung: Ich bin mit sechzehn mal vierzig Kilometer auf dem Sozius eines Rollers mitgefahren. Danach tat mir drei Tage lang der Hintern weh.

Nie wieder mit ihr tanzen

Meine Freundin Britta hat wieder mit dem Tanzen begonnen. Ich habe es gemerkt, bevor sie es erzählt hat. Sie läuft dann immer durch den Supermarkt, als hätte sie gerade einen Oscar erhalten. Jubelnde Fans an den Seiten. Britta tänzelnd in der Mitte. Und dann hat Britta natürlich alles haarklein geschildert: »Ich habe Samba im Blut. Sagt auch mein Tanzlehrer. Er heißt Sascha, hat aber einen sehr lateinamerikanischen Hüftschwung.«

Ich habe nichts gegen das Tanzen an sich. Es ist sicher gut für den Kreislauf, und in manchen Fällen mag es auch stimmungsaufhellend sein. Mir hat Bewegung zu Musik aber schon immer schlechte Laune bereitet. Damals, als Britta mit zehn im Schullandheim Dirty Dancing nachstellen wollte und ich Patrick Swayze spielen und Britta bewundern musste. Auch mit fünfzehn, als ich einen Tanzkurs gemacht habe, weil ich mir erhoffte, durch das Vorschützen spießiger Interessen öfter ausgehen zu dürfen. Mein Tanzpartner war so klein, dass ich zum Abschlussball nicht die silbernen Plateauschuhe anziehen konnte. Außerdem hüpfte er und lächelte dabei pausenlos.

Mitte der Neunziger habe ich manchmal gerne getanzt. Mit gesenktem Kopf und schlurfenden Schritten. Aber das haben ja alle so gemacht. Schließlich war Kurt Cobain tot, auf Zeitungsausschnitten in meinem Zimmer blickten mich hungernde Tutsi-Kinder an, und die Welt schien nicht mehr weit von ihrem Untergang entfernt.

Mit Britta will ich nie mehr tanzen. Einmal Dirty Dancing genügt. Und deshalb suche ich mir eine andere Beschäftigung. Boxen könnte mir liegen.

Zur WM im Wurstpellendress

Meine Freundin Britta liebt Fußball. Es kann sein, dass wir hauptsächlich deshalb über all die Jahre Freundinnen geblieben sind, weil wir beide nie die Augen lassen konnten von diesen schwitzenden Männerkörpern, diesen nackten, dribbelnden Knien, diesen Lederbällen, diesem rasennahen Niveau der Interviews nach den Spielen. Wir haben ja sonst eher selten den gleichen Geschmack. Aber auf einen Abend mit Bier, Ball und Gesang konnten wir uns irgendwie immer einigen.

Jetzt will Britta nach Südafrika. Komme was wolle, sie will endlich bei einer WM dabei sein. Letztes Mal in Deutschland reichte unser Geld nur fürs Public Viewing und ein Trikot unserer Lieblingsmannschaft Portugal. Figo hat damals noch mitgespielt, und Britta hat nach dem Spiel um den dritten Platz heimlich einen Zipfel meines Schals zu sich rübergezogen, um sich damit die Tränen zu trocknen. Heute ist Figo ein alter Mann, und Britta hat sich auf ihre Nationalität besonnen. Aus ganz pragmatischen Gründen, versteht sich.

»Es gibt diese sehr sexy engen Trikots, die eigentlich für Kinder sind, an mir aber ganz atemberaubend aussehen, oder?«, hat Britta getönt und das Stückchen weißer Baumwolle über ihren prallen Körper gestreift. Ich habe gesagt, dass ich gegen einen Trip nach Südafrika nichts einzuwenden hätte, wenn ich meine Reisekleidung auch eher eine Nummer größer wählen würde. »Aber wovon willst du das überhaupt bezahlen? Du kannst dir ja nicht einmal Sky leisten.« Britta hat ihr dunkles Lachen gelacht, das direkt aus den lavadurchströmten Tiefen des Erdkerns zu kommen scheint, und gesagt: »Bezahlen? Ich reise als Spielerfrau.«

Ich habe Britta gefragt, ob sie mich dann als Spielerfrau-Freundin mit auf die Reiseliste des DFB setzen lassen will. Aber Britta hat abgewunken. »Für dich finden wir einen schwulen Spieler, der als Tarnung noch irgendeine Begleitung sucht. Da kannst du dann auch dein Zelt-Shirt tragen. Homos sind, was Frauen betrifft, ja relativ tolerant.«

Britta und das Glück

Das Glück kommt meist unangemeldet

Meine Freundin Britta macht gerade einen Volkshochschulkurs zum Thema »Glücklich werden – glücklich sein«. Seitdem lächelt sie immer ein bisschen debil, spricht wenig, singt viel und freut sich über jedes winzige, neu erblühte Schneeglöckchen. Mich macht sie damit aggressiv.

Gestern war ich mit ihr einkaufen, sie hat ihre Hände durch die Reihen luftiger Sommerklamotten gleiten lassen und eine Kette beglückter Laute des Erstaunens perlten aus ihrem Mund. »Dieses Material, ist das nicht ein Geschenk, das berühren zu dürfen«, hat sie mir in ihrem immer ein wenig atemlos klingenden Ton zugeflüstert. Beim Obststand grub sie ihre Nase in die ersten Erdbeerschalen, schniefte ein wenig und rief dann über den halben Markt: »Dieser Duft, wie ich ihn liebe.«

Beim Kaffeetrinken habe ich ihr erzählt, dass mich das Unglück verfolgt. Ich führte als Beleg mein Auto an, in dessen Seite ein Unbekannter seine Tür gerammt hätte. Außerdem einen kaputten Fernseher, eine gestohlene Geldbörse, einen undefinierbaren Hautausschlag, die Erkrankung unseres Babysitters, drei Kilogramm Gewichtszunahme, eine ausverkaufte Theatervorstellung und die horrende Betriebskostenabrechnung vom Vermieter.

Britta hat mich nur milde angelächelt, wie man eine Irre anlächelt, die sagt, sie habe panische Angst vor Kugelschreibern. »Glück kommt von innen und ist unabhängig von äußeren Umständen«, hat sie gefaselt und etwas davon, dass ich mich nicht richtig bemühe mit dem Glück, dass ich selbst schuld sei an meiner Misere.

»Um zum Glück zu gelangen, musst du die kleinen Dinge

sehen und Schlechtes in Gutes umwandeln.« Es waren wohl weniger Brittas verstrahlte Worte als ihr sanftmütiges Mariengesicht, das mich dazu veranlasste, aufzustehen und das Glück sitzen zu lassen. Ich möchte sie einige Tage nicht sehen. Diese kleine positive Aussicht macht mich irgendwie wahnsinnig glücklich.

Komödiantisch lebt's sich besser

Meine Freundin Britta überlegt, wie sie ihr Leben von einer Tragödie in eine Komödie umschreiben kann. Es geht ihr nicht um die Ereignisse an sich. »Jedem passiert mal was Schlechtes. Aber alles lässt sich ja von verschiedenen Enden aus interpretieren. Mein Leben interpretiert alles als Tragödie.«

Britta baute sich vor mir auf, gestikulierte mit beiden Händen, und ihre Augen blitzten unter schwarzem Lidschatten sehr dramatisch. Sie hat mir davon erzählt, wie sie in der achten Klasse eine Dreiviertelstunde vom Freibad nach Hause durch den Regen gelaufen war, weil der Fahrradreifen ihrer großen Liebe platt war und sie solidarisch sein wollte. »Jedes andere Leben hätte daraus eine romantische Story gemacht. Halbwüchsige, Arm in Arm, durchnässt im Regen, ein zarter Kuss unter geteilter Jacke, am nächsten Tag heiße Zitrone und Schnupfen. Was macht mein Leben? Halbwüchsig, durchnässt, keiner hat sich getraut, den anderen anzufassen, und zwei Tage später musste ich für vier Tage wegen Lungenentzündung ins Krankenhaus.« Brittas Busen bebt vor Entrüstung. »Ach, und er hat mich nicht einmal besucht.«

Als Britta ihren Job verlor und ihr dieser »aalglatte Karrieristenchef, Anfang dreißig, im Fiesheiten-Sammeln aber sicher

Ende hundert« die Entlassung verkündete, nutzte Britta die Gelegenheit und schrieb dem Jüngelchen einen Brief, in dem sie ihn alles hieß, was ihr großer, missratener Wortschatz ihr einflüsterte. »Hört sich lustig an, Bridget Jones hätte danach einen gut aussehenden, erfolgreichen Konzernchef kennengelernt, der sich in sie verliebt, sie einstellt und auch ihre Kraftausdrücke während der Arbeitszeit toleriert. Aber ich? Musste monatelang zum Arbeitsamt, konnte nicht zum Frisör. Es war furchtbar.«

Wenn Brittas Leben ein Film wäre, es gäbe Jahresstrecken völlig frei von lustigen Szenen. »Alles ist sofort ein Drama. Ich bin eine junge, hart arbeitende, gut aussehende Frau mit wechselnden Männerbekanntschaften. Das könnte eine wunderbare Komödie werden: Sie kann sich nicht entscheiden zwischen Lars und Uwe, am Ende lebt sie bei Lars, Uwe zieht aber in die Wohnung nebenan, weil Lars so gern mit ihm Tischtennis spielt und alle sehr tolerant sind. Bei mir ist immer gleich Tragik angesagt. Als Lars gestern von Uwe erfuhr, hat er seine Koffer gepackt, und ich bleibe todunglücklich zurück. Nicht mal auf Tischtennis habe ich Lust.«

Dich werden wir nicht vermissen

Meine Freundin Britta organisiert eine große – verzeihen Sie – Verpiss-dich-Party. Sie hat es nicht ganz so direkt formuliert. Sie wählt lieber charmante Umschreibungen, als anderen die Wahrheit ins Gesicht zu donnern. Sie hat Einladungen verschickt, auf welchen stand, 2009 sei ungewöhnlich semioptimal gewesen, genau genommen gar nicht optimal, frei heraus gesagt das schlechteste Jahr, das sich seit Britta-Gedenken in diesem Universum herumgetrieben hat. Jetzt, da wir dieses Rotzlöffeljahr mit all seinen privaten Demütigungen zwölf Monate ertragen hätten, sei es Zeit für einen »unmissverständlichen Abschiedsgruß«. Zur Party dürfen mitgebracht werden: Bilder von Expartnern zum gemeinschaftlichen Bespucken, freche Geschäfts-E-Mails, aus denen in einer Unverschämtheitsolympiade diejenige als Sieger hervorgehen soll, die am häufigsten die Worte »inkompetent«, »Fehlbesetzung«, »Anzeige« oder »Schwachmatiker« beinhaltet, elterliche Briefe zwecks Rückforderung des »damals ja nur leihweise zur Verfügung gestellten« Taschengeldes aus den Jahren 1988 bis 1998.

Ja, ja, Britta ist ein bisschen hysterisch, das will ich nicht leugnen. Sie will auch ein Gerichtsverfahren nachstellen, in dem ihr Friseur zum Glatzetragen auf vier Jahre verurteilt wird, weil er dringend im Verdacht steht, Brittas Rapunzelmähne auf einen unvorteilhaften Victoria-Beckham-Bob runtergekürzt zu haben. Haar-Neurose, Scheren-Phobie, Föhn-Fanatismus. Das ist nicht repräsentativ. Aber was die Liebe betrifft, traf das Jahr 2009 zarte Beziehungspflanzen wohl tatsächlich wie ein Meteoriteneinschlag. Die Hinweise mehren sich. Astrologisch gesehen stand dieses Jahr unter ganz schlechten Sternen. Ganz global betrachtet, sagen Astrologen. Schließlich war 2009 ein Saturnjahr. Und der steht auf nüchterne Sachlichkeit, Konzentration auf das Wesentliche und Objektivität. Ganz böser Planet für die Liebe. Zumindest wenn der Partner dem ganz nüchternen, objektiven Blick nicht standhält und plötzlich als motzender, ungepflegter Schaumschläger demaskiert wird. Da kann das Jupiterjahr 2010 nur besser werden. Optimum ist da angesagt, Glück und sogar Ausdehnung.

Auch eine Internetumfrage der Online-Partneragentur Parship untermauert Brittas Passionsthese. Drei Viertel aller Befragten haben demnach im zu Ende gehenden Jahr ein durchwachsenes bis miserables Liebesleben hinter sich gebracht. Zwei Drittel aller Singles haben keinen einzigen infrage kommenden Kandidaten kennengelernt. So weit die Vergangenheit. Aber die kann sich ja jetzt wie gesagt verpissen. 2010 wird ganz toll, sagt Britta. Kindlich-optimistisch ist sie nämlich auch. Und unrealistisch. Sie liebäugelt schon mit einem Versöhnungsgeschenk des Saturnjahres auf den letzten Drücker. Gestern hat sie angerufen und gebrüllt: »Ich habe Uwe eingeladen. Meinst du, wir kommen uns beim Bespucken unserer Expartner näher?«

Die besten Zeiten sind vorbei

Meine Freundin Britta ist kein Kind mehr. Die meisten Zum-ersten-Male hat sie schon hinter sich gebracht. Trotzdem hat sie es geschafft, die Zeit zwischen dem Nicht-Mehr und dem Noch-Nicht auszudehnen. Wie das Gummiband, über das sie als Kind gehüpft ist und das sie nicht berühren durfte. Sie hat sich auf nichts festgelegt. Sie ist flexibel. Kein Eigenheim, kein Kind, kein Mann. Auf dem Rummel kauft sie sich Zuckerwatte, am liebsten in Rosa, und wenn ihr Mund ganz klebrig ist vom süßen Zungenvergnügen, dann küsst sie den schönsten Mann, den sie finden kann.

Einmal hat sie mit dem Gedanken gespielt, sich niederzulassen. Sie hatte ein Hausboot in Amsterdam entdeckt und sich gleichermaßen in das schwimmende Heim wie dessen Bewohner verliebt. Aber sie hat die Flexibilität des Hausbootes überschätzt. Es kann schwimmen, bleibt aber doch immer fest vertäut in dieser einen engen Gracht. Der Ausblick ist heute nicht anders als gestern, nur im Herbst, da färben sich die Blätter. Britta blieb drei Monate, dann ergriff sie die Flucht.

Das Noch-Nicht hat sie vor sich her geschubst. »Vielleicht habe ich irgendwann ein Kind«, hat sie mir vor einigen Tagen mitgeteilt. »Ich könnte auch nach Australien auswandern oder Medizin studieren. Noch mal etwas ganz Neues anfangen.« Das sind die Sätze, die Britta so sagt, wenn sie traurig ist über das Nicht-Mehr, weil sie ihre Pläne vom Marathonlauf aufgeben musste, weil das Kniegelenk nicht mehr mitmacht, wenn dieses Nicht-Mehr ihr durch die Finger rinnt wie feiner Sand, dann klammert sie sich an das Noch-Nicht. Sie weiß, dass sie sich selbst belügt. Sie weiß, dass sie das Band nicht endlos dehnen kann. Sie ist unterwegs, kommt aber nicht an. Britta ist nicht mehr im besten Alter. Und selbst das Zuckerwatteritual scheitert heute manchmal an der Wehleidigkeit des Magens.

Glücklich wie ein Weinbauer

Meine Freundin Britta will eine andere sein. Erst habe ich Größenwahn hinter ihrem Ansinnen vermutet. Wille zur Macht. Bei Britta hätte mich eine solche Entwicklung keineswegs verwundert. Aber: Britta ist nicht so vermessen, wie ich dachte. Sie hat niemand Bestimmten im Auge. Nicht die Großen, Berühmten, Mächtigen der Welt. Sie will nicht den Charme George Clooneys, nicht den Mann von Angelina Jolie, nicht deren Lippen, nicht einmal das Geld von Julia Roberts.

Britta ist eher wissenschaftlich unterwegs. Oder verzweifelt, das kann man so und so sehen. »Ich will wissen, ob es Menschen gibt, die wirklich glücklich sind«, hat sie mir in einer Kneipe erzählt. Die Frau hinter dem Tresen zum Beispiel, die einen solch verletzlichen Zug um den Mund hat. Oder die Rotgelockte, die ihr gegenüber wohnt und jeden Tag geringelte Kniestrümpfe trägt. Oma Ehrenfeld, die da in einem Kiosk arbeitet, in der Stunde vierzig Flüche ausstoßen kann und trotzdem so zufrieden aussieht wie ein dicker französischer Weinbauer.

»Ich habe eine Familie gesehen – eine Frau, einen Mann, einen kleinen Jungen, die lachend über eine Wiese gelaufen sind. Aber: Sind die wirklich glücklich? Reißen die sich nur fürs Kind zusammen? Heulen sie nachts, weil ihr Leben verkorkst ist? Heulen sie nicht mehr, weil sie dazu viel zu erschöpft sind?« Britta saugt lange an ihrem Campari. Auch dann noch, als der Strohhalm ein röchelndes Geräusch macht, weil mit den Campari-Resten Luft durch das Röhrchen in ihren Mund saust.

»Oder mein Chef, der lächelt kaum. Aber vielleicht ist das gar nicht entscheidend. Er telefoniert täglich für ein paar Sätze mit seiner Frau – es geht um das Abendessen, das gemeinsame Tennisspiel mit Freunden, einen Kinofilm, ihre Lieblingskollegin, die Kinder. Bevor er auflegt, sagt er immer: ›Bis heute Abend.‹ Und es klingt, als würde er sich aufrichtig freuen.« Britta legt die Stirn in Falten, wie sie es seit Jahren macht, wenn sie einer Sache auf den Grund gehen will. Zwischen ihren Augen bleibt davon ein senkrechter Strich zurück, etwas nach links verschoben. Er verschwindet nicht mehr, wenn sie lacht. Ich weiß, was Britta antreibt. Als wir noch jünger waren, als die Vergangenheit noch nicht mehr war als die endlosen Jahre des Gummihüpfens und Durch-den-Matsch-des-Nachbargarten-Robbens, saßen wir gemeinsam auf dem Sofa und überlegten uns, wie es sein würde, wenn es endlich beginnen würde. Das Erwachsensein. Und das Glück.

Britta hat immer gesagt, sie sei zuversichtlich, dieses Glück noch zu finden. Neulich abends beim Campari hat sie zum ersten Mal daran gezweifelt. Ihr Gesicht sah plötzlich verblüfft aus wie das eines Kindes. Ganz ohne Falte zwischen den Augen: »Was, wenn es niemanden gibt, der wirklich glücklich ist?«

Einfalt macht glücklich

Meine Freundin Britta hat sich vorgenommen, auf ihren Intellekt zu verzichten. Sie glaubt, die Stunden der Reflexion über das Leben, die Menschen und Gott hätten sie nur einsam gemacht. Britta ist unglücklich, weil das Nachdenken ihr niemals einen optimistischen Gedanken eingebracht hat. Auch Visionen hat Britta abgehakt, zumal die bunten, positiven. »Dummheit wird mich glücklicher machen«, hat sie mir gesagt. Und deshalb hat sie sich vorgenommen: einfacher gestrickt zu sein.

Ich weiß nicht, ob man sich so was einfach vornehmen kann. Aber Britta hat ja meistens recht, und deshalb habe ich ihr auch geduldig zugehört: »Im Skiurlaub gab es diese jungen Frischen, die haben Grillwurst gegessen und mit ihren mächtigen Skischuhen auf den Schnee geklopft, wenn die Kastelruther Spatzen von den steirischen Mädchen gesungen haben. Sie waren glücklich, weil sie wussten, wie die Liedzeile enden würde. Weil jedem zum Wort ›Herz‹ der Reim ›Schmerz‹ einfällt und die Kastelruther Spatzen wiederum wissen, dass die einfachsten und berechenbarsten Dinge den Menschen Sicherheit und Wohlgefühl vermitteln.«

Britta ist natürlich nicht allein mit ihrem Vorsatz aus dem Urlaub gekommen. Sie hat einen holländischen Skilehrer aus Österreich mitgebracht. Er ist braun gebrannt und lächelt jede Restreflexion Brittas einfach weg. Britta will es einfach gestrickt. Und wenn sie es schafft, wirklich nie darüber nachzudenken, dass er *Joseph und seine Brüder* für einen Kickerclub aus der Vorstadt hält, dann wird sie sicher ihren Vorsatz erfüllen und glücklich werden.

Die Zukunft wird knapp

Meine Freundin Britta rast auf die Zukunft zu. Sie hat sich von der Gegenwart nach oben gerudert und blickt einem Horizont entgegen, den sie möglicherweise gar nicht mehr erlebt. Sie tut das, weil ihre Gegenwart so aufregend ist, dass sie gar nicht weiß, wie sie all das im Hier und Jetzt unterbringen soll. Sie müsste in diesem Sommer nach Sylt reisen zu den Seehundbabys, nach Spanien der Hitze wegen, nach Rom zum Geschichteatmen. Und nach Aserbaidschan, weil man ja auch mal was anderes sehen will.

»Ich werde noch drei Jahre arbeiten. Mit Sommerurlauben auf dem norwegischen Gletscher, in Utah und Cambridge. Nach Russland werde ich Ostern fahren müssen. Sonst krieg ich das nicht unter.« Dann will Britta die Pille absetzen und ein Baby bekommen. Nach einem Jahr noch mal eins, »weil ein Pärchen ja am schönsten ist«. Bis die beiden in die Schule kommen, will sie zwischendurch für ein Jahr nach Neu-Delhi auswandern.

Ein Haus bauen, einen Garten anlegen, einmal einen Strand von der Ölpest befreien und zwischendurch ein Kind in Kurzzeitpflege nehmen. Wenn die Kinder aus dem Gröbsten raus sind, eröffnet Britta im Juni 2025 – möglichst an einem Dienstag, montags ist sie immer schlecht drauf – einen Getränkehandel. Oder einen Buchladen, noch kann sie sich nicht entscheiden.

Zuvor muss sie aber noch mal in der Gegenwart landen. Gerade guckt sie ein wahnsinnig gut aussehender Dunkelhaariger willig von der Bar an. Ihre Kinder brauchen schließlich noch einen Vater. Und in Aserbaidschan ist es auch nicht schön allein.

Tornado sehen und sterben

Meine Freundin Britta denkt an ihr Ableben. Oder besser: Sie denkt an die Zeit, die ihr vor dem Ende noch bleibt. Und daran, dass sie bislang viel zu viel Zeit für Unwichtiges verplempert hat. »Bist du schon einmal einem Tornado hinterhergefahren?«, fragte sie mich am Telefon, als sie unseren wöchentlichen Kneipenabend absagte. Mit mir treffen kann Britta sich derzeit nicht. Sie muss nämlich eine Liste abarbeiten. Und die Sache mit dem Tornado ist nur ein lächerliches Detail von 101 Dingen, die man laut dem Buch *101 Dinge, die man getan haben sollte, bevor das Leben vorbei ist* nicht verpassen darf.

Jetzt fühlt sich Britta gestresst. Okay, sie hat mit sechs schon mal einen Ehrenwimpel bei der Fahrradprüfung gewonnen. Aber einen Pokal, wie das Buch von den noch Lebenden verlangt? Fehlanzeige. Dafür hat Britta in der Disziplin »Kaufe etwas, das du dir nicht leisten kannst« ihr Soll für mehrere Leben erfüllt. Aber Sex auf einer Flugzeugtoilette gehabt? Einem

Vulkan beim Ausbruch zugesehen? Alles noch nicht erledigt. »Ich war noch nie auf der Titelseite einer großen Tageszeitung, ich habe mit keinem meiner Exfreunde Frieden geschlossen, und noch nicht einmal im Kamasutra bin ich so richtig fit.« Britta ist ein Häuflein Elend. Wenn sie so depressiv weitermacht, bleibt ihr nicht mehr viel Zeit. Dann wird sie die Liste niemals schaffen.

Ich bin natürlich weich geworden. Ich habe Britta gesagt, dass ich die Sache mit der Liste in die Hand nehme. Morgen, so habe ich versprochen, erledigen wir gleich fünf Dinge. Wir werden nackt baden gehen und mit bloßen Händen einen Fisch fangen, danach soll sie ein Drei-Gänge-Menü daraus kochen und als Versuchskaninchen das Ergebnis probieren. Wenn sie es überlebt, machen wir ohne Streichholz, dafür per Kochplatte ein Feuer und verbrennen das Zeug. Wenn nicht, hat sie immerhin einen ordentlichen Endspurt hingelegt.

Das Leben ist mehr als Zuckerwatte

Meine Freundin Britta ist weg. Keine Nacht-und-Nebelaktion. Sie hat sich mit mir im Café verabredet. Sie hat davon geredet, dass sie jetzt die Nase voll habe von all den gescheiterten Versuchen ihres Lebens.

Preise zum Beispiel. »Weißt du, wer alles ausgezeichnet wird? Ich habe nie etwas gewonnen. Sogar der Buchpreis für das beste Abitur wurde mir wegen zu vieler Fehlstunden aberkannt.« Oder Romantik. »Es gibt Frauen, deren Männer vor ihrem Fenster singen. Mir sagt man nur, dass mein Hintern aus dem Ruder läuft.«

Ich habe versucht, milde zu lächeln. Ich habe Britta gesagt, dass sie einen Job hat, eine schöne Wohnung, eine Nichte, die sie vergöttert, seit diese ihr eine Flatratekarte für die örtliche Eisdiele geschenkt hat. Ich habe gesagt, dass ich keinen Menschen kenne, dessen Mund beim Lächeln diesen prallen Comic-Figuren-Schwung bekommt, der Männer hypnotisiert und den Frauen auch noch sympathisch finden. Ich redete mich um Kopf und Kragen, aber Brittas Augen wurden schmal. »Ich werde mein Leben ändern.« Britta lächelte bedrohlich und verließ das Café.

Gestern hat sich Britta gemeldet. Sie hat sich beurlauben lassen und bindet jetzt in einem Blumenladen Trauerbouquets. Sie hat ein Verhältnis mit einem Schausteller, der mit seiner Luftballon-Spicker-Bude von Jahrmarkt zu Jahrmarkt zieht. Er hat ihr Zuckerwatte geschenkt. Und ein Plüschtier, von dem nicht klar ist, ob es sich um einen Elch oder um einen Orang-Utan handelt. Ich gebe Britta drei Tage. Dann wird sie ihr altes Leben großartig finden.

Den Mondknoten überlisten

Meine Freundin Britta erwartet ein astrologisch ungünstiges Jahr. »Ich habe ein Horoskop zum Fürchten«, hat sie erzählt. Alles hat zunächst ganz gut ausgesehen, schließlich ist Britta im Sternzeichen des Löwen geboren. Und Löwen müssen sich generell wenig Sorgen machen. Schließlich finden sie sich selbst so großartig, dass ihnen die Anfeindungen des Lebens gar nicht in die Quere kommen können.

Und jetzt hat es die Löwin erwischt. Weil diese schon über dreißig ist und da blöderweise Aszendent und Mond viel wichtiger werden als das Sternzeichen. Britta ist im Aszendent

Steinbock geboren. Wegen ihrer ungünstigen Mondkonstellation hat sie bis März 2010 eigentlich nur Quadrate zu erwarten. Und Mondknoten. »Ich werde meinen Job verlieren. Und meinen Partner. Mein Erfolgsstreben wird mich verbittern lassen, während ich von angeblichen Freunden arglistig getäuscht werde.«

Britta will ihrem Horoskop ein Schnippchen schlagen. Einen Partner hat sie nicht. Aber ihren Job hat sie vorsorglich gekündigt. Und mir hat sie das Du entzogen. Was mich zu dieser Erpressung zwingt: »Wenn Sie sich nicht einkriegen, werde ich demnächst Ihren Nachnamen veröffentlichen müssen.«

Böse Träume

Meine Freundin Britta weiß nicht, was sie mit ihren Träumen machen soll. Es sind süße Wölkchen, die an ihr kleben wie Zuckerwatte. Besonders nachts oder bei langen Autofahrten werden sie laut und winken. Sie halten große Schilder hoch, auf denen steht: »Wolltest du nicht mal ein ganz anderes Leben?«

Britta ist das unangenehm. Die Zuckerwatte lenkt sie vom Leben ab. Schlimmer: Sie tut so, als hätte sie gar kein richtiges. Britta hat mal von New York geträumt. Sie wollte ein Atelier haben, Farbe in Eimern über Leinwände kippen und dafür bei den anderen Inspirierten Anerkennung finden. Heute malt Britta manchmal auf ihre Weihnachtskarten Männer im Schnee.

Neulich hat sie zu mir gesagt: »Bleistift-Männchen im Schnee. Mehr ist von meinem Traum nicht geblieben. Ich arbeite in einem Großraumbüro. Ich reise all-inclusive nach

Spanien. Ich wohne in einer Wohnung mit einem viel zu langen Flur. Ich poliere meine Badezimmerarmaturen. Davon haben meine Träume nichts gesagt.«

Britta ist böse auf die Träumereien ihrer Jugend. Sie fühlt sich verschaukelt. Wegen der Armaturen. Aber auch wegen der Sache mit der Rentenversicherung. Der Müdigkeit am Samstagabend. Britta will hier leben und jetzt. »Irgendwann bin ich tot und hatte nichts außer einer schalen Unzufriedenheit, weil die Sache mit den Farbeimern nicht geklappt hat. Vielleicht wäre mir von dem Geruch ja sowieso schlecht geworden.«

Britta träumt jetzt von dem, was sie hat: Von einem langen Flur und den Bleistiftmännchen. Gestern hat sie sich eine riesige Leinwand gekauft. Und dickflüssiges Rot in Eimern. Das wird ihren Träumen den Rest geben.

Träume vom Alter

Meine Freundin Britta hat lang und breit vom Alter geträumt. Sie wollte sich einen azurblauen Badeanzug mit Stützkörbchen kaufen, eine Badekappe mit aufgesetzten Gummiblümchen und jeden Montagabend mit ihren besten Freundinnen im Whirlpool eines Wellnessbades liegen. Sie hat sich vorgestellt, abends vor dem Fernseher für die Enkel zu stricken, zweimal im Jahr mit ihrem Bridge-Club in die Ägäis zu fliegen oder nach Malta. »Ich werde vielleicht noch Ungarisch lernen, das wollte ich schon lange. Und Krimis lesen, in denen Frauen ihre stumpfsinnigen Ehemänner vergiften.«

Britta lacht bei diesem Satz so teuflisch, dass ich plötzlich heilfroh bin, dass Britta bislang keinen passenden stumpfsinnigen Ehemann gefunden hat. Britta fiebert jedenfalls auf den Tag hin, an dem sie ihre Rente kriegt. Auf den Tag, ab dem sie zu alt ist, sich über ihre Hängebrüste aufzuregen. Auf den Tag, ab dem sie berufliche Erfolge (oder Misserfolge) ein für alle Mal hinter sich hat. Auf den Tag, ab dem sie keinen Gedanken mehr daran verschwenden muss, ob sie nun ein Kind kriegen soll oder nicht. »Ich werde nur im Whirlpool liegen und nach zwei Stunden zu dir sagen, die Runzeln kämen nur vom heißen Wasser. Und dann streiten wir uns darüber, welcher junge Turmspringer am Ende des Beckens den schöneren Oberkörper hat.«

Seit heute ist Britta allerdings verstimmt. »Ich habe einen Brief von der Rentenkasse gekriegt. Ich lebe jetzt nur noch in der Gegenwart. Habe ich dir schon von dem jungen Turmspringer mit den mächtigen Brustmuskeln erzählt?«

Britta und ihr Ego

Zurück in die Zukunft

Meine Freundin Britta erwägt einen Wohnortwechsel. Wobei Wechsel sich so nach Neuanfang anhört. In Wirklichkeit ist es nichts weiter als ein Schritt zurück, ein Wiedereintauchen in Altbekanntes. Eine Rückkehr zum Ursprung.

Ich habe gewusst, dass Britta, die mit achtzehn nichts in ihrer Heimatstadt hätte halten können, die Melancholie des Zuhauses einholen würde. Es war schon zu ahnen, als sie in den letzten Sommerferien mit dem Auto in den Süden fuhr, nur um den Landstrich zu streifen, dessen Sommer nicht nur nach Sonnenmilch rochen, sondern auch nach Sehnsucht und einer sagenhaften Zukunft. Heute, wo Brittas Sehnsucht beginnt, sich wieder der Vergangenheit zuzuwenden, will Britta zurück zu ihren Wurzeln – nicht nur für einen Sommer.

Sie hatte diesen saftigen Blick und die Wangen eines jungen Mädchens nach der Apfelernte, als sie mir erzählte: »Ich möchte wissen, wie es ist, dort zu leben, wo ich täglich meiner Jugend begegne. Ich werde an Wassergräben vorüberspazieren, aus denen ich früher Videokassetten fischte, deren Bänder ich zum Trocknen über Äste hing. Ich werde in einem Büro arbeiten und aus dem Fenster die Stadtmauer sehen, an der ich lehnte, mit einem Butterkeks in der Hand, und diesen Jungen küsste, der nach Seife schmeckte und nach lautem Lachen. Ich werde mit dem Rad über das Kopfsteinpflaster rasen, an dem ich mir kurz vor dem Abitur das Knie aufgeschlagen habe und die Handgelenke. Ich werde zu Hause sein und mein Leben lang sentimental. Und niemand kann mich davon abhalten.«

Britta bleibt. Sie hat mit ihrer Mutter telefoniert und erfahren, dass der Bürgermeister, der im Amt ist, seit Britta denken kann, gerade von seinem Sohn abgelöst wird. Und dass der

Stadtrat noch über denselben Zebrastreifen diskutiert wie vor zwanzig Jahren. »In so eine Stadt würde kein Mensch zurückkehren«, sagt Britta. Manche Dinge ändern sich nie.

Wach bleiben bis zur nächsten Kokosmakrone

Meine Freundin Britta hängt nur noch rum. Ich habe nichts gegen Taugenichtse. Ich finde sie sogar sympathisch. Hektiker nicken immer unangenehm mit dem Kopf. Sie räuspern sich ständig und reden so schnell, dass sie Vokale runterschlucken. »Bn m strss«, kommt dann als Dialogangebot. Ich liebe Brittas Langsamkeit. Aber seit einiger Zeit mache ich mir Sorgen. Manchmal ist nicht mehr zu erkennen, ob Britta ein Lebewesen ist oder ein Sitzsack. Sie hat tonnenschwere Augenlider und gähnt schon, wenn wir das erste Bier bestellen. Bei unserer letzten Begegnung im Café schlief sie ein, während sie mir von ihrem neusten Schwarm erzählte.

Vielleicht war der Typ eine Schlaftablette. Aber vorsorglich, nur für den Fall, dass es diesmal nicht an den Männern liegen sollte, habe ich Britta auf Diät gesetzt. Ich glaube nämlich, dass Brittas Müdigkeit in Zusammenhang steht mit ihrem Dauerfuttern. Forscher der Harvard Universität haben den Schlaf- und Wachrhythmus von Mäusen untersucht und festgestellt, dass nicht nur Helligkeit und Dunkelheit dafür verantwortlich sind, wann wir einschlafen und aufwachen. Auch das Essen spielt eine Rolle. Bei Nahrungsknappheit blieben die untersuchten Mäuse so lange wach, bis sie eine Gelegenheit zum Fressen bekamen.

Ich glaube, ich könnte wieder mehr Schwung in Brittas Leben bringen, indem ich ihr die süßen Zwischenmahlzeiten wegfresse. Heute waren das ein Duplo, ein Snickers, drei Schokoladenkekse, ein Sahnejoghurt, fünf Pralinen, ein Buttercroissant und sechs Gummibärchen. Britta wirkt schon wieder senkrechter. Sie hält jetzt die Augen auf, weil sie nach Essbarem suchen muss.

War da nicht noch eine Kokosmakrone? Oder ein Bonbon? Ich weiß nicht ... Auf einmal werde ich müde ... Vielleicht ... war ... Britta ... ja ... schneller.

Traumschiff und Schnitzel

Meine Freundin Britta will nur noch tun, was sie wirklich will. Seit ich sie kenne, hat sie nach Moden gelebt. Nach den Prinzipien des Gruppenzwangs. Als wir Teenager waren, hat sie Tennis gespielt. Ein bisschen wegen Steffi, Boris und André, hauptsächlich aber weil ihr Vater zwar genug sportlichen Ehrgeiz, aber keinesfalls die körperlichen Voraussetzungen für die Weltrangliste hatte.

Britta hat immer gesagt, dass sie Pauschalreisen hasst. »Das ist etwas für Beamte, zwei Kinder, kein Sex. Ich will im Urlaub raften, sechzehn Tage an der chinesischen Mauer entlangwandern, mit der Transsib in Zwölferabteilen von Moskau nach Peking oder mit einer Sechs-Personen-Jolle von Feuerland zum Südpol segeln.«

Als Britta diesen Guru zum Freund hatte, hat sie erst einmal ihre Bibliothek neu geordnet, die roten Einbände gen Süden, die blauen gen Osten, schwarze und grüne gleich zum Altpapier. »Es ist wegen des Qi«, hat sie gesagt und mich gebeten, mir einen blauen Umhang umzubinden. »Grün stört die Aura dieses Ortes.«

Wenn wir ausgegangen sind, wollte sich Britta nie vor elf Uhr treffen, »weil um acht nur Spießer weggehen«. Sie hat einen Salsa-Tanzkurs gemacht, und ein Abend war nur gelungen, wenn sie nach dem Kino noch bis halb vier in einem angesagten Club tanzen war.

Brittas Lieblingsgerichte waren wechselnd Sushi und geeistes Fenchelpüree mit gegartem Huhn. »Kohlenhydrate isst man heute einfach nicht mehr«, hat sie mit strengem Blick gesagt, wenn ich zum Salat einen Brotkorb bestellt habe.

Jetzt ist Britta dabei, ihren wahren Willen zu ergründen. Und der ist ziemlich banal. Für Juli hat sie zwei Wochen Mallorca, all-inclusive, mit Wellness am Sandstrand gebucht. Abends, wenn wir ausgehen, bestellt sie sich zwei Bier und ein Schnitzel. Nach dem Kino gähnt sie und sagt: »Ich muss früh raus. Das Einzige, was ich mir wünsche, ist mein Bett. Wer will im Ernst nach elf Uhr in einem verrauchten Club sein, ohrenbetäubende Musik hören und Fremden beim Schwitzen zusehen?«

Ich habe mich insgeheim über Brittas Normalität gefreut. Und doch gab es etwas, das ich zu bedenken geben wollte: »Und wo, meine Liebe, wirst du jetzt deinen Wahnsinnstypen kennenlernen, wenn du nur noch diese Familiensachen machst?«

»Kerl?« Britta hat gegähnt. »Ja, ich meine Sex, du weißt schon«, habe ich erwidert. Brittas Augenlider sehen schwer aus, als sie sagt: »Wer will schon Sex? Ich will viel lieber Traumschiff gucken.«

Geduldig durchs Leben

Meine Freundin Britta hat Zeit. So viel Zeit, dass ich ihr manchmal am liebsten in den Nacken beißen möchte, wenn sie die Spülmaschine einräumt und nach Teller sechsundzwanzig einen Schritt zurücktritt und laut darüber nachdenkt, die Maschine noch mal auszuräumen, weil bei einem variierten Einräumsystem noch zwei Kaffeetassen mehr hineinpassen würden.

Ich gebe zu: Ich bin ungeduldig. Eine derjenigen, die geräuschvoll in den Schal atmen, wenn die voranstehende Dame an der Bäckertheke nach dreißig Puddingteilchen und zwei Dinkelbroten die Rechnung noch länger macht, weil »mein Julchen bestimmt gerne eine Nussecke hätte. Oder einen Weckmann? Aber Weckmänner haben Sie ja nur noch die großen. Dann also eine Nussecke. Und ich gönne mir heute ein Butterhörnchen.« Während die Bäckerin »Muss auch mal sein« sagt, beide ein Gespräch über die Vorweihnachtsfettröllchen beginnen und die Käuferin zwanzig Euro und siebenundsechzig Cent in gefühlten sechshundert Teilen auf den Tresen legt, bohre ich mit den Zehen ein Loch in die Sohle meines Schuhs. Ich möchte die Hände in die Höhe werfen und brüllen: Ich will nur ein Brot. Mein Auto steht im Halteverbot. Meine Tochter wartet im Kindergarten. Gleich kommt der Handwerker. Können Sie einen Zahn zulegen?

Aber das macht man natürlich nicht. Zumindest dann nicht, wenn man kultiviert ist, sagt Britta. Sie schüttelt lächelnd den Kopf, wenn ich von meiner Zeitnot erzähle. Sie sagt: »Willst du mir beim Einräumen der Spülmaschine helfen? Ich habe mich noch nicht entschieden, ob ich rechts unten mit den Suppentellern oder den Schneidebrettchen beginnen soll.«

Eine Teufelin, nicht nur am Rosenmontag

Meine Freundin Britta ist ein Teufel. Sie ist böse, schwarzhaarig, und ihr Röckchen endet so weit über den Knien, dass sogar eine Spinne großen Mut aufbringen müsste, um sich vom Saum zu den Kniescheiben abzuseilen. Sie hat einen Schwanz aus rotem Samt, in den man einen Knoten machen kann. Sie hat rote Handschuhe, und ihre Augen sind schwarz von den geweiteten Pupillen, schließlich kommt Britta direkt aus der Hölle, und dort gibt es bekanntlich kaum Licht.

Ich habe Britta gesagt, dass Teufel keine adäquate Verkleidung für sie ist. Weil sie schon den Rest des Jahres mephistophelisch daherkommt und sie als Teufelsweibchen harmloser aussieht als sonst. Hätte sie sich als Engel verkleidet, als Rotkäppchen oder Goldmarie – ihre eigene Mutter hätte sie nicht wiedererkannt. Aber sexy Dreizackträgerin? Das ist zum Gähnen.

Ich habe Britta gesagt, dass ich ihr mein Pippi-Langstrumpf-Kostüm leihen könnte. Oder das Ententeil aus orangefarbenem Plüsch. Britta hat ihre Lippen schmatzend geöffnet, mit einem Eckzahn geblitzt und teuflisch gelacht. Sie hat den Kopf mit den schwarzen Locken zurückgeworfen und zuletzt mit ihrer Zungenspitze ihre saftige Oberlippe abgeleckt.

Britta wird kein Engel werden. Sie wird an Karneval wenig anhaben und da, wo die Augen sind, blitzende Sterne werfen. Und ich werde als Ente neben ihr herwatscheln. Sehr orange und sehr dick. Gut ist nur, dass mich niemand erkennen wird. Im wirklichen Leben sehe ich nämlich wahnsinnig gut aus.

Schön, für manche Dinge zu alt zu sein

Meine Freundin Britta ist nicht mehr jung. Mir war das schon länger klar. Aber Britta weiß das erst, seit sie ihren Studienort besuchte. Eigentlich war alles, als sei sie nie weg gewesen: An der Mauer vor ihrer ehemaligen Wohnung steht immer noch »Gegen rechts, Arschloch«. Neben der Uni drängeln sich immer noch die gleichen Buchläden. In der Disco wird die gleiche Musik gespielt, nebenan verkauft Mario die gleichen fettigen Pizzaecken. Im Antiquariat arbeitet noch derselbe Mann. Sie war damals Stammkundin, nachdem sie die zwanzigste melancholische Geschichte gekauft hatte, fragte er sie beständig und hellblauäugig nach einem Rendezvous. Die Luft über dem Fluss riecht noch immer nach Moos und dem weiten Himmel, der sich um den Horizont nicht schert.

Nur Britta ist nicht mehr dieselbe. »Ich fühle mich keinen Tag älter, aber irgendwie bin ich raus.« An der Mauer vor ihrer ehemaligen Wohnung küsst ein langhaariger Junge ein blondes Mädchen auf die Wange, das dabei fast vom Fahrrad fällt. In den Cafés lachen lauter unbekannte Gesichter. Und der Mann im Antiquariat blickt durchsichtig, als könne er sich nicht erinnern.

Ich musste Britta trösten. Ich habe sie erinnert an die Sehnsucht nach dem wahren Leben, die uns damals die Hügel hinauftrieb, weil dort der Horizont nach hinten wich. Ich habe ihr gesagt, dass sie Althochdeutsch gehasst hat. Ich habe ihr von einer Party erzählt, auf der sie nach etlichen Bacardi-Cola mit einem bärtigen Rocker knutschte. Britta ist jetzt sehr froh, dass sie für manche Sachen schon zu alt ist.

Das Leben einer Bienenkönigin

Meine Freundin Britta sitzt. Sie hat wunderbare lange Beine, und ihre Fesseln sind so schmal, dass sie dort Armkettchen tragen kann. Sie besitzt diese hauchdünnen Seidenstrümpfe, und es sieht atemberaubend aus, wenn sie den Flur entlangläuft. Aber Britta läuft nicht. Sie hat sich ihr Leben im Sitzen eingerichtet. Sie ist eine Bienenkönigin. Dort, wo sie sitzt, ist das Zentrum. Das hektische Gewimmel und Gerenne um sie herum nimmt sie gelangweilt zur Kenntnis. Manchmal winkt sie nach einer Tasse Kaffee. Halbherzig. Ansonsten regt sie sich kaum.

Es ist schwül in Brittas Welt. Die Nachmittagshitze verlangsamt ihren Stoffwechsel. Ihr Blut wird dick. Ich kann es sehen.

In meinem Leben ist es kühl. Meist stürmisch. Ich hetze. Ich wirble. Ich schaffe drei geputzte Waschbecken, vier Anrufe, achtzig Quadratmeter Staubsaugen, einen Brief ans Finanzamt und einen gedeckten Frühstückstisch mit Servietten in fünfzehn Minuten. Sitzen kann ich dabei nicht.

»Du bist schon wieder auf den Beinen. Jetzt bleib doch mal sitzen.« Britta stöhnt, neigt den Kopf und hebt die betonschweren Augendeckel nur mühsam. »Musst du so ungemütlich sein? Das ist ja pathologisch.« Sie poliert den Nagel ihres rechten Ringfingers. Sie pustet ein wenig Staub von der Fingerspitze. Dann gurgelt sie, und es kommt aus den Tiefen eines heißen Backofens: »Ach, wo du schon stehst: Mach mir doch einen Espresso und einen Toast mit Orangenmarmelade. Aber nicht allzu knusprig, bitte!«

Verpasstes nachholen

Meine Freundin Britta will die Sommerferien nutzen, um sich an all ihre verpassten Leben zu erinnern. Denn Britta hätte so viel aus sich machen können. Wenn ihr Leben ganz anders verlaufen wäre. »Als ich letztes Jahr in New York war, habe ich mir vorgestellt, dass ich dort Briefträgerin sein könnte. Ich würde ganz klein durch die Schachbrettstraßen sausen und in einer Avenue wohnen. Im Sommer würde ich auf Coney Island als Popcorn-Verkäuferin jobben und mit einem Mann ausgehen, der am Broadway tanzt.«

Ich weiß nicht, ob Britta als Briefträgerin zwischen Coney Island und Manhattan glücklicher geworden wäre. Oder als Ehefrau eines reichen Ölprinzen. Oder als selbstständige Rechtsanwältin in Helsinki mit Ferienhaus in Rovaniemi, wo das Licht im Winter rar ist und blau. Aber Britta will ihre Vorstellungskraft radikal auf die Probe stellen. Sie hat einen Flug nach Irkutsk gebucht, das in Sibirien liegt, wo es im Sommer aber wärmer ist, als man denkt. Sie wird sich dort ein Rennrad kaufen und zwischen Irkutsker Stausee und Baikalsee hin- und hersausen. Sie wird so tun, als wäre sie eine taube, russische Radrennfahrerin, die für Olympia trainiert. Das hat den Vorteil, dass sie keine Vokabeln pauken muss, um ihrem verpassten Leben näherzukommen.

Britta hat mich gefragt, was ich von ihrem Vorschlag halte. Ich habe ihr meinen neuen Badeanzug gezeigt und gesagt: »Gute Idee. Ich werde diesen Sommer so tun, als wäre ich die Tochter eines hawaiianischen Millionärs – in einem Swimmingpool mit Aussicht auf den Strand.«

Alles in der Schwebe

Die Wirklichkeit ist unscharf geworden. Wer sie zu fassen sucht, dem glitscht sie aus den Fingern wie ein nasses Stück Seife. Es ist wunderbar, dass alles so herrlich flexibel geworden ist. Es gibt dem Leben Schwung, dass jeder heute blutige Steaks essen und morgen Vegetarier sein kann. Dass CDU-Mitglieder quasi über Nacht ihre Vorliebe für sozialistisches Gedankengut entdecken können. Dass der Blümchensex-Berti aus der Parallelklasse plötzlich bei Beate Uhse im Sexshop jobbt.

Aber wie jede positive Entwicklung hat auch die Flexibilität ihre Nachteile. Wenn ich Britta treffen will und sie sich nicht dazu hinreißen lässt, einen definitiven Treffpunkt, eine definitive Uhrzeit festzulegen, dann hadere ich mit der Fortentwicklung der Gesellschaft. Britta sagt dann immer: »Ach, lass uns einfach noch einmal telefonieren.« Sie sagt das am Mittwoch, wenn wir uns für Samstag verabreden. Sie sagt das aber auch noch am Freitag, am Samstagvormittag und am Samstagabend, wenn ich gerade zu unserem Treffen aufbrechen will. »Ich geh nach Ehrenfeld. Wir können ja dann noch mal telefonieren, wo und wann wir uns genau treffen.«

Seit es das Mobiltelefon gibt, muss sich niemand mehr auf einen Treffpunkt festlegen. Verabredungen bleiben so im schwebenden Raum, können noch abgesagt werden, wenn der andere schon in der Kneipe sitzt. Dass es Zeit ist, sich hinzusetzen und sich auf einen Partner für den Abend festzulegen, kann nicht einmal dann mit Sicherheit gesagt werden, wenn der andere vor einem steht. Schließlich könnte ein Telefonanruf dazwischenkommen, der Freund könnte die Flexibilität einfordern, von jetzt auf gleich alles stehen und liegen zu lassen und ihm beim Suchen nach dem hellgrauen Lieblingspullover zu helfen.

Die Lust an der Wechselhaftigkeit hat nichts zu tun mit dem Versuch, sich zu einem besseren Menschen weiterzuentwickeln. Sie ist einzig und allein der Angst geschuldet, irgendwelche spannenden Dinge zu verpassen, während man mit Britta in der Kneipe sitzt und ein Bier trinkt. In Brittas Fall ist die Sache natürlich verständlich, schließlich kann ein Abend mit ihr wirklich stinklangweilig sein. Die Scheu, sich ganz auf etwas einzulassen, verwandelt unser Leben aber auch von einem tiefen Dschungel an Erfahrungen in eine glatte, platte Spiegelfläche, auf der man von einem blinden Fleck zum anderen schlittert. Statt des erhofften prallen Lebens gibt es für so viel Oberflächlichkeit aber nur einen schlaffen Luftballon an angekratzten Erlebnisse. Wer sich nicht für Samstagabend verabreden kann, wird schon gar nicht in der Lage sein, sich für einen Menschen zu entscheiden, mit dem er auf längere Sicht Tisch und Bett teilen möchte. Er wird niemals ein Haustier haben, schon gar kein Kind, und selbst die Anschaffung einer Zimmerpalme sollten sich Flexibilitätsfanatiker gut überlegen.

Streiten kracht so schön

Meine Freundin Britta hat mir geraten, beim Streit immer langsam und leise zu sprechen. Sie hat ein Seminar gemacht und doziert: »Meine Liebe, du darfst nichts Verletzendes sagen und niemals den Raum verlassen.« In der Theorie finde ich, dass Britta recht hat. Ein paar Stunden hat mich die Idee vom harmonischen Streiten derart berührt, dass ich glaubte, die ganze Welt könnte Differenzen friedlich regeln, wenn sie dabei nur eines vermeidet: laut zu werden.

In der Praxis ödet mich Brittas Streitkultur an. Wenn ein Mann idiotische Vorstellungen von der Aufteilung der Hausarbeit hat, sollte er zu hören bekommen, dass seine Vorstellungen »ja wohl idiotisch« sind. Ein »Ich bin betrübt, weil du den Müll nicht runtergebracht hast«, hilft einem da nicht weiter. Und leise streiten geht gar nicht. Erst die nötigen Dezibel machen aus jedem Streit ein Ventil, das die Wut in Wohlgefallen auflöst.

Wenn er mit »Ich gehe« droht, dann, so hat mir Britta geraten, muss sie sagen: »Es macht mich traurig, dass du mit Flucht auf unseren Konflikt reagierst.« Ich finde: Ein gekreischtes »Dann geh doch!« ist angemessener. Bevor dem Geliebten in Reue hinterhergerannt wird, kann noch die hässlichste Untertasse seiner Mutter geworfen werden. Das kracht so schön.

Don't blink!

Meine Freundin Britta weiß immer ganz genau, was zu tun ist. Im Restaurant schlägt sie die Karte auf. Es dauert geschätzte zehn Sekunden. Dann schlägt Britta die Karte zu und sagt: »Ich nehme die Dorade, gegrillt, mit Wasabi-Kartoffelpüree, davor einen Martini ohne Olive, nicht zu kalt, und später einen Bourbon Whisky.« Fertig. Wenn Britta einen Mann trifft, der ihr gefällt, dann bekommt sie einen John-Wayne-Blick. Sie geht hin und sagt: »Hast du Lust, mit mir nach Hause zu gehen?«

Ich vergesse manchmal zu atmen, wenn ich Britta bei ihrer Entscheidungsfreudigkeit beobachte. Eine Britta, die an einer

Kreuzung stehen bleibt, kann ich mir nicht vorstellen. Sie weiß immer schon hundert Meter zuvor, welche Richtung sie einschlagen wird.

Ich stehe oft an Kreuzungen. Ich lebe dort. Ich weiß gar nicht, worauf ich genau warte. Aber würde ich weitergehen, hätte ich sofort das Gefühl: Du hast dein Leben verpfuscht. Die simple Frage: »Pfefferminztee oder Kaffee« kann mich in Stunden des Stillstands stürzen. Ich habe mal ein Jahr lang überlegt, ob ich mit einem durchaus attraktiven und interessierten Mann ein Bier trinken gehen soll. Wenn ich mir eine Hose kaufen will, tue ich das nur, wenn mein Geld für zehn reicht. Für eine kann ich mich ganz unmöglich entscheiden.

Britta ist meine Freundin. Und deshalb habe ich sie nach ihrem letzten Bourbon Whisky um Rat gefragt: »Du weißt immer genau, was du willst. Wie machst du das?« Britta hat kurz mit dem Glas in der Hand innegehalten und gesagt: »Ich verzichte aufs Nachdenken. Ich beantworte jede Frage schnell und ohne mit der Wimper zu zucken. Auch wenn ich hinterher einen scheußlichen Bourbon trinken muss, den ich nie im Leben bestellen wollte.«

Stil in allen Lebenslagen

Meine Freundin Britta hat einen gesunden Menschenverstand. Sie ist in der Lage, mit den verzwickten Alltagssituationen unseres Lebens angemessen umzugehen, ohne psychische Schlachtfelder zu hinterlassen. Sagt Britta. Ich bezweifle das. »Könntest du ein Oster-Mittagessen mit den Schwiegereltern organisieren, ohne dass eine der Mütter beleidigt ist, weil sie das Zubereiten eines Nachtischs nicht übernehmen darf?

Könntest du ein Gespräch mit dem Babysitter führen über die dringende Drosslung der Süßigkeitenzufuhr für die dreijährige Tochter, ohne dass die junge Frau heulend ob der Infragestellung ihrer pädagogischen Kompetenzen den Dienst quittiert?« Britta glaubt, dass sie zu einer der perfektesten Frauen der Welt gehört und hat sich deshalb dafür entschieden, den Titel »Stiltrainerin« in ihr Türschild gravieren zu lassen.

Jetzt hat sie ein neues Lieblingsthema: Es geht um den schwierigen Umgang mit Hundehaufen während eines Spaziergangs mit Bekannten. »Rechtfertigt das drohende Aufeinandertreffen von Schuhsohle des Nebenläufers und Hundekot ein rüdes Unterbrechen des Gesprächs? Gib zu, das hast du dich schon oft gefragt«, sagt Britta und klimpert erwartungsvoll mit den Lidern.

Nach einer bedeutungsvollen Pause erklärt Britta dann, was all die stilistisch unbeholfenen Menschen dieser Welt schon immer wissen wollten: »Man darf die gemeinsame Unterhaltung unterbrechen, um andere vor einem Hundehaufen zu warnen«, sagt sie. Wenn Sie dann aber hysterisch »Obacht, Sie treten gleich in die Scheiße« rufen wollen, dann liegen Sie stilmäßig nicht ganz richtig. Besser sei, sich vorab für die Störung des Gesprächs zu entschuldigen, weiß Britta. Sagen Sie also: »Entschuldigen Sie, dass ich Sie unterbrechen muss. Ihre Ausführungen finde ich hochinteressant. Nichtsdestotrotz möchte ich Sie darauf aufmerksam machen, dass Sie gleich in einen Hundehaufen treten.« Vielleicht ist es dann schon zu spät. Was gar nicht schlimm ist. Britta weiß auch dann, was sich gehört: Schuhe abputzen.

Britta und der Luxus

Liebe lebt nicht vom Geld allein

Meine Freundin Britta liebt Geld. »Ich stehe dazu. Ich bin total scharf auf Luxus, Geschenke, Schmuck, Reisen, eine schicke Wohnung und einen Haufen Geld auf dem Bankkonto. Ich weiß gar nicht, warum die Leute immer so tun, als wäre Geld etwas Verwerfliches. Ich finde Geld wunderbar.«

Ich weiß, dass Britta bestechlich ist. Sie hat schon mal ein langes halbes Jahr mit einem langweiligen, pausbäckigen BWLer verbracht, obwohl sie schon beim ersten Treffen die unerträgliche Unvereinbarkeit ihrer Seelen festgestellt hatte. »Ich wäre nach dreißig Minuten fast eingepennt. Er redete von seinem liebsten Comic-Gespenst und seinen Zinnsoldaten, die er mit gekochten Nudeln umwickelt, mit Lackfarbe einsprüht und dann als Kunst bewundert. Einen langweiligeren Mann kann es auf der ganzen Welt nicht geben. Außerdem atmete er sehr laut. Aber das halbe Jahr hat sich trotzdem gelohnt: sechs Beautywochenenden, drei Edelsteinringe, dieser schicke kleine Lederkoffer, Lilien an jedem Freitag, Champagner immer sonntags. Und wenn er mich nach sechs Monaten nicht mit diesem arbeitslosen Adonis erwischt hätte, dann wäre zu Weihnachten sicher ein luxuriöser Kleinwagen drin gewesen.«

Und doch: Die dröge Zeit mit dem pausbäckigen BWLer hat Britta zu einem Strategiewechsel veranlasst. »Ich denke darüber nach, mir meinen Luxus selbst zu finanzieren. Nächstes Jahr werde ich einen Job annehmen, der richtig Geld abwirft. Mein Ex-BWLer will sich ganz dem Umwickeln und Lackieren von Zinnsoldaten widmen. Ich habe mich auf seine Stelle beworben. Und rate mal, was der Konzernchef gemacht hat? Hat mir schon nach unserem ersten Treffen Lilien geschickt.«

Knapp über dem Asphalt ist der Ort, an welchen unverzüglich kriechen muss, wer gerade wahnsinnig erfolgreich war, prominent ist, oder den Geldzufluss auf sein Konto durch gezielte Luxuskäufe in geregelte Bahnen zurückdrängen muss. Wem das gelingt, dem sind die Jubelrufe der Massen sicher: »Er ist auf dem Boden geblieben.« Das ist das größte Kompliment an all die Stars, die eigentlich schon qua Namen in höheren Gefilden schweben sollten. Zum Beispiel Dieter Bohlen. Der hat bei Johannes B. Kerner erzählt, dass Besitz und Geld nicht so spannend seien. Jachten würde er nur noch mieten, Kaviar gar nicht mehr konsumieren, dafür lieber die günstige Bratkartoffel. Dieter Bohlen kann essen, was er will. Auch Heidi Klum, die am liebsten Omas Kartoffelknödel mampft und schon deshalb einen guten Rang in der Liste der gar nicht abgehobenen Promis einnimmt. Auch wenn beide irgendwann ersticken werden in ihrem ganzen Geld, da sie so sparsam ihren Haushalt führen. Mir ist das egal.

Viel wichtiger: Wahre Prominenz sollte nicht sein wie meine Nachbarin. Sie sollte nicht so aussehen, sie sollte sich nicht so kleiden, sie sollte nicht genauso langweilige Marotten haben, sie sollte – ganz wichtig – nicht nur Bratkartoffeln essen. Wenn es Menschen gibt, die von dieser Gesellschaft profitieren, dann will ich Extravaganz zurückhaben, schrille Outfits, Kaviar-Schampus-Völlereien an Bord der Riesenjacht.

Ich will, dass Dieter Bohlen nur im Helikopter einkaufen fliegt, Heidi Klum ihre Liebe zum Diamantenbikini entdeckt und sich Verona Poth ihre Zahlenfixiertheit von Tiefenpsychologen therapieren lässt. Wenn ich etwas über Bratkartoffeln, Klöße und die Mühen der Ebene hören will, dann schaue ich nicht in Klatschspalten. Dann besuche ich meine Freundin Britta. Die ist nämlich auch auf dem Boden geblieben.

Keine Dusche im Geld

Meine Freundin Britta hat Geld wie Heu. Obwohl das ein ziemlich blöder Vergleich ist. Wer hat heutzutage schließlich noch Heu? Kaum einer. Das Geld rinnt vielen derer, die einst dachten, sie hätten es bauerndick, durch die Finger. Immobilienkrise. Dax-Erdrutsch. Nikkei-Crash. Über die Hiobs-Schlagzeilen kann Britta nur lachen. Sehr laut und mit einem Mund, der sich dann vulgär über ihr gesamtes Gesicht streckt. Ein befreundeter Aktienhändler beginnt, Britta zu hassen. Auch ihre Schwester, die mit der Bankenkrise die einzigen Aktien ihres Lebens in den Sand gesetzt hat. Britta trifft die Wut derer, die früher nur ein mitleidiges Lächeln für sie übrig hatten. Denn: Britta hat allen Versuchungen widerstanden. Sie hat Gewinnversprechen ignoriert. Sie hat Termine ihres Bankberaters verschwitzt, der verzweifelt versuchte, Britta dazu zu bewegen, ihr sparschweindickes Sparbuch gewinnbringend zu entlasten. Britta hält Riester für eine Maßeinheit, der sich österreichische Zimmermänner bedienen. Sie hat in ihrem Leben schon viel aufs Spiel gesetzt. Aber wenn es um ihr Geld geht, ist Britta konservativ. Früher hat sie sogar einen erbitterten Krieg mit ihrem Arbeitgeber geführt, weil sie sich weigerte, zur Lohnüberweisung eine Kontonummer anzugeben. »Ich hole die Scheine am Monatsletzten bei Ihnen ab«, hat Britta erklärt. Sie hat nach acht Wochen schließlich eingelenkt. Die Lohnbuchhalterin zwinkert immer noch nervös, wenn Britta über den Flur läuft.

Britta hat tatsächlich ein Sparschwein. Und auch ein Girokonto. Das prall war wie eine Wasserbombe. Heute hat Britta ein bisschen Druckausgleich betrieben. Sie hat all ihre Freunde eingesammelt – auch den frustrierten Aktienhändler – und zum Gelage geladen. Britta hat die Scheine nicht in die Luft geworfen und sich in deren Regen geduscht. Aber sie sah aus, als hätte sie genau darauf Lust.

Ein Auto gegen Apfelbäckchen

Meine Freundin Britta will sich ein Auto kaufen. Sie ist sonst nicht autoritätshörig, aber das Wehklagen der Autobauer und die Anfeuerungsrufe der Regierung haben sie weichgekriegt. Vielleicht liegt alles auch nur daran, dass Britta ohnehin keine Lust mehr auf S-Bahn-Fahren hat. Dass sie findet, Fahrradfahren am Morgen zerstöre ihre Frisur und verleihe ihr pubertäre Apfelbäckchen. Dass so ein schnittiger Sportwagen unter ihrem Hintern extrem schick aussehen würde.

Britta war ganz high. Sie sprudelte und redete von einer Sitzheizung, die bei einer empfindlichen Blase schon aus medizinischen Gründen zu empfehlen sei. Von Klimaanlage, Wohlklanghupe und Ledersitzen. Heute ist sie irgendwie bedrückt. Sie hat sich die Preise angesehen und bemerkt: »Ein ganz normaler Wagen kostet fünfzehntausend Euro. Wenn ich monatlich fünfhundert Euro zurücklege, dann muss ich in Zukunft meine Haare selbst schneiden, und den teuren Weißwein kannst du dann hier auch nicht mehr trinken. Es dauert allerdings zweieinhalb Jahre, bis ich etwas gegen die Wirtschaftskrise unternehmen könnte.« So lange kann eine Krise nicht warten.

Enttäuscht vom Traummann auf vier Rädern

Meine Freundin Britta liebt ihren Wagen. Sie hat so einen süßen kleinen Franzosen. Ganz dunkel und mit einem Namen, der an seinem Ende auf der Zunge zerschmilzt. Er ist nicht nur schön, sondern auch zuverlässig, gut zu gebrauchen für kleine, kostspielige Shoppingtouren, verweigert aber Großeinkäufe mit Wasserkästen. Er passt ausgezeichnet zur leichtlebigen Britta. Ich war immer der Meinung: Hätte Britta einen Kerl, der so wäre wie ihr Auto – es wäre die perfekte Beziehung.

Aber jetzt der Rückschlag. Und die Erkenntnis: Nicht nur Männer haben Fehler. Auch wer sein Herz einem Auto anvertraut, kann es zerbrechen sehen. Britta war mit ihrem Wagen noch in den Flitterwochen, da kam ihr der Gedanke: Ich könnte ihn vom Staub befreien, einmal richtig abseifen lassen, und sie fuhr mit ihm in die Waschanlage. »Ich habe behutsam die Antenne abgeschraubt, damit auch nicht das kleinste Teil Schaden nimmt.« Das Ergebnis: Britta heult noch immer. Denn seit dem Waschanlagenliebesdienst stellt der frische Franzose seine defizitäre Seite zur Schau: Er ist nicht mehr ganz dicht. Durch das Innenlicht tropft Wasser. Da, wo zwischen den Sitzen sonst Liebesbotschaften oder Pralinen liegen, hat sich eine daumenhohe Pfütze zusammengeträufelt.

Die Werkstatt will das Problem jetzt mit einer »Schraubenunterlegscheibe im Antennenbereich« beheben. Was Britta nicht ins Romantikkonzept passt. Eine zweite Chance soll der Zauberfranzose trotzdem kriegen. Die Liebe ist schließlich nachsichtig.

Pauschales Abenteuer

Meine Freundin Britta macht nur irre Sachen im Urlaub. Sie war schon Floß fahren in Schweden, durchmaß schwimmend Loch Ness, besuchte den weltschwersten Fleckviehstier in Österreich und hat einen norwegischen Gletscher mit dem Eispickel überquert. Im Wettstreit um das verrückteste Urlaubserlebnis habe trotzdem ich gewonnen: Als ich zum ersten Mal in meinem Leben eine Pauschalreise gebucht habe. Zehn Tage Menorca. Strand. Pool. Volles Programm. Gregor und Ute vergaßen einmal, ihre Liegen mit den Handtüchern zu reservieren. Animationskanone Mel aus Bielefeld trug Federboa. Sonst passierte nichts.

Das Abenteuer begann, als mir die Sache mit der Verschwörung schwante. Sämtliche Mietwagen waren ausgebucht. Nur bei grünen Bojen, beschwor uns die Reiseleiterin, sei es ratsam rauszuschwimmen. Was nie der Fall war. Immer waren die Bojen gelb. Weil dahinter kein endloser Ozean, sondern eine bemalte Glasscheibe war – wie in der Truman-Show. »Auf einem Regionalsender läuft sicher gerade die unglaublich witzige Doku über Touristen, die sich auf Menorca wähnen, in Wirklichkeit aber am Set in der Mecklenburgischen Seenplatte plantschen«, hat Britta gewitzelt und die Geschichte natürlich all meinen Freunden erzählt.

Mir ist egal, wenn ich zum Gespött der Leute werde und jetzt überall auf Youtube zu sehen bin. Ich möchte nur eines klarstellen: Dieser weiße Badeanzug hat nur drei Euro gekostet. In Wirklichkeit habe ich einen besseren Geschmack.

Krösus schenkt nichts

Meine Freundin Britta erwägt, bei den Weihnachtsgeschenken zu sparen. Es ist ein tiefer Einschnitt in Brittas Leben. Schließlich hat sie auch im Jahr der Krise fröhlich über ihre Verhältnisse gelebt. Britta ist mir mit vollen Einkaufstüten entgegengekommen, sie hat mir bei fast jedem Treffen ein neues Oberteil, süße Ohrringe, den neuen Lippenstift »Red Passion«, Overknees oder ein Parfum mit zu viel Sandelholz präsentiert. Britta hat schon in der Schule im Pausenverkauf immer zwei Mark mehr ausgegeben als ich. Sie hat noch nie gespart. Sie hat immer gesagt: »Wer spart und dann doch kein Millionär wird, der ist ja wohl total angeschmiert. Da leiste ich mir lieber noch diesen luxuriös pudrigen Lidschatten.«

Jetzt ist Britta also sparsam. »Ich bin ja nicht Krösus«, hat sie ihrer Nichte erklärt, als diese sich einen Doppelband der *Hexe Lilli* wünschte. »Ein kleines Pixi-Büchlein tut es ja wohl auch. Marie kann ohnehin noch nicht lesen.« Auch die vielversprechende Bekanntschaft zu einem dunkelhaarigen Juristen hat sie abrupt beendet. »Das war einer, der hätte an Nikolaus glatt seine Stiefel rausgestellt und erwartet, dass ich sie fülle.« Britta ist rigoros. »Und er hatte ziemlich große Füße.«

Ich bin natürlich ein bisschen angefressen. Britta hatte mir in einer ihrer wöchentlich wiederkehrenden Anwandlungen von Übermut versprochen, mit mir ein Wellnesswochenende im teuersten Luxustempel der Stadt zu verbringen. Daraus wird jetzt ja wohl nichts. Ich werde mal mit dem abservierten Juristen reden müssen. Und eine Rute besorgen. Vielleicht könnten wir Britta zu Nikolaus gemeinsam den Hintern versohlen.

Britta und der Alltag

Leben im Dreck ist manchmal schöner

Meine Freundin Britta ist eine Sauberkeitsextremistin. Sie benutzt keine fremden Toiletten aus Angst vor Bakterien. Wenn ich sie besuche, bitte ich sie, mir meine Spaghetti doch direkt auf dem Küchenboden zu servieren. Kein Teller könnte sauberer sein als Brittas keimfreier Appartementboden.

Ich gebe zu, dass meine Toleranz, was Schmutz angeht, nicht als Vorbild für jedermann dienen sollte. Ich habe WG-Erfahrung, weshalb ich weiß, dass sich dreckiges Geschirr mit etwas Geschick bis auf Stirnhöhe stapeln lässt. Schmutz im Essen kann meinen Blutdruck nicht nennenswert erhöhen. Schließlich habe ich auf einer Geologie-Exkursion im Elbsandsteingebirge schon verschiedenste Sorten Erde gekostet – um, wie der Professor meinte, den Sandanteil herauszuschmecken. Selbst gegenüber menschlichen Exkrementen habe ich seit einem Praktikum im Krankenhaus keine Berührungsängste mehr. Aus Unachtsamkeit habe ich damals einem Mann den Katheterschlauch gekappt. Was zur Urinzerstäubung im gesamten Zimmer führte.

Ich habe mich ernsthaft mit dem Gedanken getragen, bei Britta einen Lehrgang für mehr Sauberkeit zu belegen. Britta war begeistert. Sie hat mit mir meine Haarbürsten gebadet, den Kühlschrank desinfiziert und selbstreinigende Toilettenbrillen installiert. Ich habe alles geduldig begleitet und mich so sauber gefühlt, als hätte ich eine Flasche WC-Reiniger getrunken.

Fast wäre ich Britta dankbar gewesen. Wäre sie nicht auf die Idee gekommen, mir Einmalhandschuhe zur Benutzung des Mobiltelefons ans Herz zu legen. »Eine Studie hat ergeben, dass sich auf dem Handy mehr Bakterien tummeln als auf einer Klobrille«, hat sie doziert und mir den Gebrauch der Hygienehandschuhe erklärt. Das war zu viel für mich. Ich staple mein Geschirr jetzt wieder. Und mein Handy benutze ich vorerst ohnehin nicht. Schließlich könnte Britta von ihrem keimfreien Telefon aus anrufen.

Britta kann nicht kochen

Meine Freundin Britta ist ein hungriger Mensch. Sie isst eigentlich immer. Manchmal beißt sie von Dingen ab, oft löffelt sie, sie kaut, schlürft, gelegentlich schleckt sie auch an cremigen Dingen herum. Aber den Mund voll hat sie dauernd. Ich habe mir nie Gedanken darüber gemacht, wo Britta diese ganzen leckeren Dinge herhat, die sie in sich aufsaugt. Britta hat mich nie zum Essen eingeladen, aber das hat mich nie aufhorchen lassen. Wir haben Weißwein getrunken, Salzstangen gegessen oder die 300-Gramm-Milka, wobei wir die fetten Nüsse meist übrig ließen. Jetzt hat Britta mir gestanden: »Ich kann nicht kochen.«

Früher, so schluchzte sie am Telefon, hätten diesen Satz alle cool gefunden. »Ich bin ja emanzipiert, ich bin modern, ich esse im Restaurant, ab und zu hatte ich einen Kerl, der ausgezeichnet mit Nahrungsmitteln umgehen konnte.« Britta hat Pizza bestellt, Sushi geholt, im Restaurant Wolfsbarschcarpaccio an Ingwerhonig gegessen, sie hat sich zu Hause von ihren jeweiligen Geliebten scharfe asiatische Nudeln machen lassen und ab und zu ein Brathähnchen. Sie hat eine Mikrowelle und bekommt halbjährlich tiefgekühlte Lieferungen.

Eigentlich ist Britta mit ihrem Handicap hervorragend über die Runden gekommen. So gut sogar, dass sie im Laufe der

Jahre gut zehn Kilogramm zugenommen hat. Jetzt trifft Britta die Krise mit ganzer Wucht. Nicht, dass sie sich das Sushi nicht mehr leisten könnte. Und auch die kochenden Männer werden Britta in absehbarer Zeit nicht ausgehen. Aber die Wirtschaftskrise hat einen Trend hervorgerufen, der Brittas gesamte Lebensphilosophie zunichte macht: cocooning, verpuppen. Die Menschen gehen nach Hause, kochen sich was Leckeres, überlegen sich, ob sie sich eine neue Schrankwand kaufen oder zumindest einen Esszimmertisch. Selbst schnippeln, rühren, hacken – das ist jetzt gesellschaftlich anerkannt. Das sind die Sekundärtugenden. Die Zeiten werden härter, Nachbarn laden sich ein, statt in die Kneipe zu gehen. Wer keine ordentliche Salatsauce mit minimal sechzehn Ingredienzien auftischen kann, der wird nie mehr besucht.

Britta kann nicht einmal jemanden einladen. Zu Salzstangen, ja, zu einem Glas Champagner sogar, aber an den Thunfisch-Wraps, den ganzen Tempura-Geschichten, den Apfel-Rettich-Sorbets und Radicchio-Risottos wird Britta scheitern. »Kein Amuse-Gueule?«, höre ich Brittas Besucher kreischen. »Kein Tellerranddesign aus Tomaten-Erbsen-Püree?« Britta wird out sein. Sie wird vereinsamen. Vor sich hin gammeln.

Immerhin ist Britta nicht allein. Es gibt schon so viele Leidensgenossen, dass Brittas Gefühl sogar einen eigenen Namen bekommen hat: Mageirocophobie. Das ist die Angst vorm Kochen.

Ich habe Britta einen Vorschlag gemacht. Sie kann sich von mir heilen lassen. Heute soll sie für mich Kartoffeln schälen. Morgen Salat waschen. Übermorgen Möhren putzen. Mit Glück schaffen wir es bis zum Herbst zu Spaghetti Bolognese. Bleibt nur noch eines, wovor sich Britta fürchtet: Dass die Wirtschaftskrise längst wieder vorüber ist, ehe Britta ihre erste repräsentative Quiche aus dem Ofen holen kann. Und alle sagen: »Du kochst noch selbst?«

Frühjahrsputz für die Seele

Meine Freundin Britta findet, dass nur schlechte Menschen keinen Frühjahrsputz machen. Sie hat irgendetwas von Reinheit der Seele und des Herzens gelabert, die sich in blütenweißen Vorhängen und duftig-feuchtem Bodenschimmer manifestierte. Die Farbe meiner Seele möchte ich mir gar nicht vorstellen.

Meine Vorhänge sind zugezogen, weil ich das schmierige Grau auf den Scheiben nicht mehr ertragen kann. Die Badewanne ist von einer gräulichen Kalkschicht bedeckt, und nicht mal fernsehen ist ein Vergnügen: Ständig ärgere ich mich, dass das Gesicht des Nachrichtensprechers vom Staub auf der Mattscheibe ganz krank aussieht. Vorgestern habe ich mich entschieden, dass das mit meiner Seele so nicht weitergehen kann. Ich habe eine Dreiliterflasche Putzmittel gekauft und einen Fensterlappen. Ich habe geschuftet wie ein Ackergaul, seit gestern erwartet mich der Frühling im Schlafzimmer. Es ist kein dezenter Geruch. Es stinkt. Die Gesichtsfarbe des Nachrichtensprechers hat sich trotz meiner Staubbeseitigung nicht wirklich verbessert.

Ich finde, Britta soll die Klappe halten und mich bei meiner Beschäftigung mit den angenehmeren Seiten des Lebens in Ruhe lassen. Der Frühjahrsmüdigkeit zum Beispiel.

Raus mit all dem Ramsch

Meine Freundin Britta räumt auf. Ich mache mir Sorgen, weil das mindestens auf eine Lebenskrise, wenn nicht auf eine Persönlichkeitsstörung hindeutet. Britta hatte als Jugendliche ein Zimmer, in dem man unter dem knöcheltiefen Morast aus Kleidern, Büchern, Zeitschriften, Skizzen, Musikkassetten und Farbtuben immer noch irgendetwas Essbares finden konnte. Angebissene Äpfel, Zwiebackkrümel, angegammelte Joghurtreste im Becher. Seit sie alleine wohnt, hat sie immer ein Zimmer, das nicht nutzbar ist. Aufräumen bedeutete für Britta: Türe auf und allen Müll reinwerfen. Dabei darauf achten, dass der Müll möglichst weit in die hinteren Ecken fliegt, weil wegen anfänglich mangelnder Wurfweite die Ramschberge gleich hinter der Tür schon fast auf Zimmerdecke angewachsen sind.

Jetzt nur blaue Müllsäcke in Brittas Heim. Sie hat sechs Paar Badeschlappen gefunden, neun Duschschläuche, drei alte Teppiche, vier Fonduetöpfe, sechzehn Schwangerschaftsteststäbchen (negativ) und einundzwanzig Kalender, die einen guten Teil ihres Lebens dokumentieren. Jetzt holt alles der Sperrmüll ab.

Ich habe Britta gesagt, dass sie dabei ist, ihr gesamtes bisheriges Leben einem fremden Müllmann anzuvertrauen. Dass sie ihre Vergangenheit entsorgt. Dass sie in eine tiefe Krise stürzen wird. Aber Britta hat mir gar nicht zugehört. Sie hat gelächelt und gesagt: »Meine Liebe, ein geordneter Verstand benötigt eine geordnete Umgebung. Ich bin eben ein klarer Typ. Nicht jeder kann in so einem Chaos leben wie du.«

Ordnungswille, schwaches Fleisch

Meine Freundin Britta hat eine Wohnung, in der es ein bisschen aussieht wie in einem dieser Möbelkataloge. Oder wie in der Werbung, wenn im Hintergrund ein Baby mit zwei Bausteinen auf einem sahnefarbenen Teppich spielt und im Vordergrund eine lächelnde Frau im hellen Kostüm mit dem Staubsauger vom Bücherregal zur Zimmertür wirbelt. Britta hat keine Kinder, aber wenn sie welche hätte, dann wären das Zwei-Baustein-Babys. Oder kleine Mädchen, deren Lieblingsbeschäftigung das Falten der Puppenkleider ist.

»Es ist alles eine Frage von Erziehung und Organisation. Du hast einfach nicht den richtigen Willen für eine aufgeräumte Wohnung«, sagt Britta manchmal, wenn sie in meinem Flur steht und den Blick schweifen lässt über ein Bobbycar, den Wäschekorb, der seit vier Tagen auf dem Weg in den Keller eine Pause einlegt, ein Spielzeug-Piratengewehr, sechs Paar Schuhe, kleine Staubmäuse in den Ecken, ein Pippi-Langstrumpf-Haus aus Pappe mit diversen Figuren und kleine Plastikblümchen, die das Elfenbaumhaus hier irgendwie verloren haben muss.

Auf der Toilette hat Britta vor Kurzem beim Suchen nach neuem Klopapier einen Kinderfahrradhelm im Schrank unter dem Waschbecken gefunden. Und in der Schublade des Esstischs entdeckte sie ein paar alte klebrige Karamellbonbons. »Die erste Regel ist«, hat Britta einmal zu missionieren versucht: »Gehe niemals in ein anderes Zimmer, ohne Dinge mitzunehmen, die dorthin gehören.« Also wenn ich von der Küche ins Kinderzimmer gehe, sollte ich nach Möglichkeit immer das Kindernudelholz oder den kleinen rumliegenden Käferfingerring mitnehmen. Hört sich einfach an. Scheitert in der Praxis aber daran, dass ich nur zwei Hände habe und das Küchenchaos minus einen Fingerring und ein Kindernudelholz nicht wesentlich gelichtet wird. Die zweite Regel? »Schiebe niemals etwas auf. Aufgeräumt wird immer sofort.« Britta sieht bei diesen Sprüchen immer noch sauberer aus als sonst. Sie riecht nach klarem Wasser und ein bisschen Zitrone dabei. Und die dritte Regel: »Delegiere!«

Ich habe alles versucht. Ich war so rigoros wie seit meinem ersten Skilager nicht mehr, als ich alle Hebel in Bewegung gesetzt habe, um den gleichen Skikurs wie Michael zu besuchen, den alle liebten und der wahnsinnig gut Ski fahren konnte.

Das Ergebnis? Ich bin wie ein wildgewordener Packesel durch die Wohnung gerannt, habe meinem Mann und meiner Tochter Listen zum Abarbeiten angereicht und habe mir nicht gestattet, für die Tagesschau eine Pause einzulegen. Und dann? Meine Tochter hat gesagt: »Das ist unfair. Papa und ich müssen hier am meisten arbeiten.« Und mein Mann hat mich gegen zweiundzwanzig Uhr in einem Berg alter Briefe abgefangen und gefragt, ob er jetzt lieber Britta heiraten soll, die sei ebenso ungemütlich, dabei aber wenigstens effektiv. »Vielleicht haben wir einfach nicht den Willen für eine aufgeräumte Wohnung«, hat er gesagt und mich zu einem Glas Rotwein überredet.

Endlich Ruhe

Meine Freundin Britta teilt ihr Leben in die Zeit vor und die Zeit nach der Anschaffung der Spülmaschine ein. Keine Arbeitsstelle, keine Krankheit, kein Wohnort, kein Mann hat ihr

Leben derart verändert. Dabei geht es Britta gar nicht um den Zeitgewinn, auch nicht um die streichelzarten Hände. Nein, der Einzug des Fremdspülers hat Brittas Leben eher unter der Oberfläche verändert. Dort, wo es entscheidend ist. Britta ist ruhiger geworden. Geradezu meditativ.

Nach dem Essen spült sie ihr Geschirr vor. Dann entschuldigt sie sich für knappe zwei Stunden bei ihren Gästen. Anfangs bin ich ihr einmal gefolgt. Gefunden habe ich die Quasselstrippe Britta, vor der Spülmaschine kauernd. Stumm hat sie dem Wasserrauschen gelauscht. Niemals, so sagt sie, habe sie entspannendere Stunden erlebt.

Eine Zeit lang habe ich überlegt, Britta die Nummer eines guten Psychotherapeuten zuzustecken. Dann dachte ich, dass Britta ein Recht auf ihren Knall hat. Schließlich muss niemand darunter leiden. Nicht einmal ich. Ich habe mir angewöhnt, Britta niemals mehr ohne meinen Bodenstaubsauger zu besuchen. Wenn sich Britta zu ihrer Spülmaschinenmeditation verabschiedet, schalte ich die Düse an. Mich entspannt das unglaublich.

Hyperaktiv zwischen den Jahren

Meine Freundin Britta redet seit drei Monaten nur noch davon, was sie alles »zwischen den Jahren« vorhat. Sie möchte endlich ihre DVD-Sammlung nach dem Alphabet ordnen, die gesammelten Postkarten aus gut dreißig Lebensjahren archivieren, die Vorratskammer nach dem Verfallsdatum der Lebensmittel sortiert einräumen.

Wenn Weihnachten vorbei ist, dreht Britta richtig auf. Sie nutzt die Zeit zum Groß-Reinemachen. Sie macht Platz für ein neues Jahr. Ich bewundere Britta für diese gut gelaunte Hyperaktivität.

Jedes Jahr nehme ich mir vor, die Sache mit den Postkarten auch auf die Reihe zu kriegen. Ein Jahr ohne die vorherige Archivierung der DVD-Sammlung scheint mir unter einem schlechten Stern zu stehen. In meiner Speisekammer verrotten trotzdem die eingemachten Kirschen von 1995, meine DVDs fristen ihr Dasein in einem Durcheinander mit Videokassetten und Taschenbüchern. Meine Postkarten habe ich im vergangenen Jahr immerhin in den Bettkasten geworfen. Jeden Abend, wenn ich ins Bett ging, habe ich sie unter mir nach mehr Ordnung flehen hören. Ich hatte die besten Vorsätze. Ich habe sogar nach Brittas Anweisung zwanzig Ordner und dreitausend Klarsichtfolien gekauft, um eine Struktur in die Urlaubsgrüße und damit mein Leben zu bringen.

Heute habe ich die Ordner und die Klarsichtfolien mit zu den Karten unter mein Bett gestopft. Den Rest der Woche werde ich Zwischen-den-Jahren herumhocken. Ich werde so dumm wie möglich gucken und mich an der geschenkten Zeit zwischen der Vergangenheit und der Zukunft erfreuen. Und wenn Britta vorbeikommt, werde ich milde lächeln und sie zu dem Haufen Grüße unters Bett schieben.

Fieberträume sind schön

Meine Freundin Britta ist krank. Nach einem Ächzen und Schniefen rasselt der Schleim durch die Bronchien, sie schnaubt, legt sich theatralisch die Hand auf die Stirn und faselt etwas von Hitze und Fieber. »Das ist so unglaublich lästig. Immer zu Beginn des Winters kocht der Körper aus Viren und

Bakterien eine heiße Suppe, die ich dann im Bett auslöffeln muss.« Britta trägt einen gelben Frotteeschlafanzug und sieht auch sonst elend aus. Ordentlich schwitzen, Gliederschmerzen ignorieren, ruhig bleiben. »Ich hasse es!«, schnieft sie und sinkt Vivien-Leigh-like aufs Bett.

Ich habe kein Mitleid. Ich liebe dieses Erkältungsfieber. Wenn die Kopfschmerzen auf einmal überdeckt werden von diesem dröhnenden Wummern, wenn die Welt weit wegrückt, Hitze aufsteigt von der Brust in den Kopf, die Gedanken eindampfen auf die Größe von Schrumpelrosinen. Frösteln, einpacken, heiß werden. Nichts im Gehirn als ein wenig Fieberwahn.

Fieber ist toll, weil es keine Kompromisse zulässt. Einkaufen, schreiben, Wäsche aufhängen, noch schnell einen Anruf erledigen, Geschenke besorgen, vielleicht wenigstens flugs das Auto aussaugen, Unterlagen abheften? Ab 39,5 Grad wirbeln die Aufgaben durch den Kopf wie Jonglierbälle. Was jetzt nicht erledigt ist, wird auch nicht mehr angepackt. Fieber heißt Ruhe, Fieber heißt Parallelwelt. Verschwommene Riesenthermometer sausen vorbei, Dschungelfeuchtigkeit, kleine Kobolde in der Suppenküche. Die Windkraftanlagen aus den Nachrichten sind Riesenblumen und heben nach ein paar Umdrehungen ab. Realität winkt von ganz weit hinten.

Vielleicht bleibe ich ein bisschen bei Britta und stecke mich an. Wenn das Fieber meinen Körper wieder verlässt, bin ich fast ein wenig traurig. Das Laken ist feucht, meine Haare kleben an der Stirn, der Wäschekorb drängt sich ins Blickfeld, das Telefon klingelt. Die Realität ist grausam und im Vergleich zu flirrenden Fieberträumen grau und schrecklich. Aber die Virenzeit ist ja noch lang nicht vorbei.

Erotik und Kochen – ein Missverständnis

Meine Freundin Britta liebt Küchen. Sie kann nicht kochen, liebt es aber, über ihrer freistehenden Kochkonsole mit einer Porsche-Pfeffermühle zu raspeln. Nebenan stellt sie eine Minifriteuse, Edelstahlentsafter, Bambusreiskocher und rosa Knethaken zur Schau.

Ich hasse Küchen. Schon bei Oma habe ich es verabscheut, in der Küche spielen zu müssen. Dort, wo es nach Bratfett und Zwiebelsud roch. Immer, selbst dann, wenn sie Vanillepudding kochte. Die Küche ist kein Ort der Gemütlichkeit. Die Küche ist ein Ort des Chaos. An keinem Ort ist die Wahrscheinlichkeit größer, dass es stinkt, schimmelt oder fault. Und wenn die Gemütlichkeit ihren Höhepunkt erreicht, tanzen mancherorts gar Mäuse auf dem Tisch, oder Motten räkeln sich im Müsli. Britta sagt: »Die Küche macht mich so erotisch. Ich finde, dass ich in keinem meiner zahllosen Outfits so umwerfend aussehe wie mit diesem kurzen Schürzchen. Jan, der heute Abend auf ein Erdbeersoufflé vorbeikommen will, findet das übrigens auch.«

Erotik und Küche – das geht für mich gar nicht. Auf einer Party habe ich einmal einen Mann kennengelernt. In der Küche. Weil sich diese neuen Lifestyle-Zusammenkünfte ja immer im – nach dem Klo – kleinsten Raum abspielen. Der Mann hieß Robert und war ein begeisterter Buttercremetorten-Bäcker. Ich wollte tolerant sein. Deshalb ging ich auf seine Kontaktaufnahme ein. Ich lächelte und hörte mir an, dass Biskuitteig unter seinen Händen schön saftig bleibt. Der Abend endete im Desaster, als der Buttercremebrünstige sich mir näherte und etwas von frischer Weincreme flüsterte, die er gerne aus meiner Ohrmuschel lecken würde.

Küchen sind kein Ort der frohen Gemeinschaft, sondern ein Ort des Zwangsspüldienstes. Beziehungen, die neben Geschirrbergen im Chili-con-Carne-Dunst beginnen, sollten sofort durch den Fleischwolf gedreht werden. Sollte Britta jemals auf die Idee kommen, mir Pfannenwender oder Gemüseraspel zu schenken, wird sie in heißem Fett gebacken oder im Entsafter ausgepresst. Ich bin an jedem anderen Ort ein umgänglicher Mensch. Die Küche aber ist ein Ort des Grauens.

Rasant im kleinen Schwarzen

Meine Freundin Britta ist eine fantastische Autofahrerin. Sie hätte sicher Rennfahrerin werden können, wenn ihre Nackenmuskulatur nicht zu anfällig wäre für diesen Beruf. Sie fährt immer ein bisschen schneller als erlaubt, sie wendet in zwei Zügen, wenn das nötig ist, sie kurbelt mit einer Hand ganz lässig am Lenkrad, sie hat eigentlich immer den Fuß auf dem Gas, und wenn es einmal schnell gehen muss, kann sie bremsen, dass die Reifen rauchen.

Wenn Britta in mein Auto steigt, wird sie allerdings zur Pest. Sie meckert, sie kreischt, sie gähnt, sie macht mich auf jedes Schild aufmerksam, das am Straßenrand steht. Es stimmt: Ich bin keine gute Autofahrerin. Ich habe bei meiner Führerscheinprüfung nur knapp einen Fußgänger verfehlt. Ich bin über eine durchgezogene Linie gefahren. Ich habe an der Ampel den Motor abgewürgt. Als ich den Lappen endlich hatte, rammte ich den steinernen Zaunpfeiler in der Garageneinfahrt meiner Eltern. Ich werde nie den Gesichtsausdruck vergessen, den mein Vater hatte, wenn er sein Auto an mich verlieh: Skepsis, Nervosität, Angst. Hin- und hergerissen zwischen »Ich habe eine prinzipiell lernfähige Tochter« und »Warum um Himmels Willen kann sie nicht einfach mit dem Fahrrad fahren?«.

Wenn Britta zu mir einsteigt, sitze ich immer genervt am Steuer, und nach spätestens ihrer vierundzwanzigsten Ermahnung bringe ich mein Standardargument an: »Ich hatte noch nie einen richtigen Unfall. Kratzer, Dellen, abgefahrene Stoßstangen – ja. Größere Fahrzeug- und Personenschäden – nein.« Das macht mich stolz.

Britta ist dann immer beleidigt. Weil sie schon einmal einen Auffahrunfall verursacht hat (»Was kann ich dafür, wenn andere nicht ordentlich bremsen?«). Außerdem hat ihr einmal ein holländischer Lastwagenfahrer die Fahrertür abgefahren, weil sie die an einer Hauptstraße ruckartig geöffnet hatte. Aber mein einziges Argument gegen Brittas anmaßende Bemerkungen hat mir jetzt auch noch eine Studie der australischen Monash-Uni versaut. Britta hat auf dem Beifahrersitz ihre Fingernägel poliert, als sie vor Kurzem damit rausrückte: »Bilde dir bloß nichts ein. Mit einem roten Auto ist das alles keine Kunst. Ich mit meinem schwarzen Wagen gehöre dagegen schon rein statistisch zu der am meisten gefährdeten Autofahrergruppe überhaupt. Das Risiko, in einen Unfall verwickelt zu werden, ist bei schwarzen Autos um zwölf Prozent höher als bei weißen Fahrzeugen. Vielleicht werden dunkle Autos schlechter erkannt, vielleicht rasen Menschen, die sich dunkle Autos kaufen, besonders – der Grund für die erhöhte Unfallgefahr ist nicht bekannt.

Aber, meine Liebe: Seit zehn Jahren fahre ich schwarze Autos. Ein Auffahrunfall, eine abgefahrene Fahrertür – sonst nichts. Ich muss eine fantastische Autofahrerin sein!«

Sesshaft mit Meerschweinchen

Früher roch es nach aufgekochter Milch und Holz. Es hat sich nie verändert und begann mit dem Licht, das durch die Glasbausteine neben der Haustür schimmerte. Heute ist das, von dem ich glaubte, dass es beständiger wäre als Mutters Modegeschmack, einfach verschwunden. Oder besser: Es ist umgezogen. Es ist eigentlich ständig auf der Walz. Mein Zuhause ist hyperaktiv. Kaum hat sich dieses wohlige Gefühl des dort Ankommens, wo man eigentlich herkommt, einmal hingesetzt, springt es auch schon wieder auf, sucht neue Herausforderungen, neue Plätze, neue Menschen, neue Länder, neue Städte.

Natürlich ist diese Eigenschaft eine befreiende. Als ich meinem ersten Zuhause den Rücken kehrte, habe ich eine Zeit lang nur auf Isomatten geschlafen, immer an einem anderen Ort. Meistens auf dem Fußboden im Zimmer einer Freundin. Manchmal auch in Küchen neben schnurrenden Kühlschränken. Manchmal in sehr kleinen Autos. Es hat mir nichts ausgemacht. Ich wollte nicht nach Hause kommen müssen. Ich wollte jeden Tag neu entscheiden, was für immer sein könnte. In meiner eigenen kleinen Wohnung stand nie mehr als Weißwein, Butter, Ketchup und ein Glas Himbeermarmelade im Kühlschrank. Auf dem Balkon steckte ein blaues Windrad in steinharter Blumentopferde, sonst war da keine einzige Topfpflanze. Ich hatte ein Bett, ein Bücherregal und einen Schreibtisch und als einzigen Luxus eine alte bemalte Weinkiste als Nachttisch.

Wenn ich morgen entschieden hätte, nach Neuseeland auszuwandern, hätte ich alles in zwei Stunden zusammenpacken können. Ich hätte die aufregendsten Orte der Welt aufsuchen können und mir während meiner Abwesenheit keine Sorgen machen müssen, dass die Milch im Kühlschrank sauer wird. Ich hätte nach dem Griechenlandurlaub mit einer spanischen, Gitarre spielenden Urlaubsbekanntschaft nach Barcelona durchbrennen können und dabei auf kein lieb gewonnenes Möbel verzichten müssen.

Das hat Spaß gemacht und sich erwachsen angefühlt. Das Gefühl, dass die Glasbausteine fehlten, die aufgekochte Milch, das Immerwährende schlich sich spät ein, ließ sich dann aber nicht mehr abschütteln. Fakt ist, dass ich noch nie in Neuseeland war, ich hatte niemals eine Liaison mit einem musikalischen Spanier, fuhr niemals mit nichts als meiner Handtasche zum Flughafen, um den Rest meines Lebens in Patagonien zu verbringen. Ich frage mich, ob ein Zuhause nicht doch eine Alternative wäre.

Ich habe Käse gekauft, einen Laib Brot, frische Milch und Gemüse. Auf meinem Tisch steht ein Korb mit Äpfeln, Mandarinen und Bananen. Auf dem Balkon möchte ich Geranien pflanzen. Möglichst von diesen prallen Roten. Den spontanen Vietnam-Rucksacktrip mit meiner Freundin Britta habe ich kurzfristig abgesagt. Ich muss bleiben und mich um mein Meerschweinchen kümmern.

Britta und ihr Idealismus

Kettenbriefe gegen die Kälte

Meine Freundin Britta will allen Menschen, für die sie einmal geschwärmt hat, ihre Liebe gestehen. »Unsere Welt ist so kalt, voller Zahlen und Berechnung, da will ich ein Werk der Liebe und Sanftmut tun.«

Britta wird eine gute Zeit ihres Lebens mit diesem Projekt beschäftigt sein. Die Liste derer, die ihr seit ihrer Kindheit im Herzen herumspukten, ist lang. Sie reicht von einem Christoph, den sie liebte, obwohl er sie schon beim Monopoly-Spielen immer betrogen hat, über einen Tobias, den ihr Herz verließ, weil er mit zwölf zu rauchen anfing, bis zu diversen Männern während des Studiums, deren Namen sich im Nebel der Erinnerung zu undeutlichen Danielkarlsebastianodersoähnlich-Ketten verschmelzen. »Ich werde allen, denen ich es nie gesagt habe, eine Karte schreiben oder eine Mail und damit der frostigen Welt ein Stück Wärme abtrotzen.« Britta hat schon einen ersten Kandidaten: »Stell dir vor, heute habe ich von diesem netten Busfahrer geträumt, der immer so harsch anfährt und sich beim Wechselgeldgeben immer zu meinen Gunsten verrechnet. Wir haben es im Bus gemacht. Unter dem Schild: Bitte den Fahrer nicht ansprechen. Von anfassen steht da ja nichts. Wenn ich dem von meinem Traum erzähle, dann hat der sicher für Wochen einen Selbstbewusstseins-Flow.«

Britta denkt schon über ein Kettenbriefprojekt nach. »Wenn jeder dieser Geliebten zehn anderen einst heimlich Geliebten diese Wärme weitersenden würde – wir wären in drei Tagen eine glücklichere Welt.«

Ich habe von Anfang an gedacht, dass Brittas Idee etwas Pubertäres hat. Aber irgendwie ist es ja auch ganz süß, was Britta sich immer so ausdenkt, wenn sie die Welt verbessern will. Ich habe Britta angelächelt mit aller mir zur Verfügung stehenden Milde. Und dann hat sie gesagt: »Du musst natürlich dem Schauspieler Stefan aus dem Kommunikationswissenschaftsseminar schreiben, dem einzigen Menschen, dessen Groupie du jemals sein wolltest und der jetzt den Ehrgeiz hat, alle Ärztinnen dieser Welt flachzulegen. Ach und diesem Schrank mit Kind, der dir Schokolade und schöne Worte geschenkt hat, aber niemals einen Kuss.«

Ich will mich an meine Vergangenheit nicht mehr allzu deutlich erinnern. Vor allem, weil Vergangenheit ja immer die Eigenschaft hat, mit ihrer bösen Zunge wahllos und unvorbereitet in die Gegenwart reinzuschlecken. Brittas Idee ist wirklich großer Blödsinn. Und kalte Zahlen sind ja auch nichts generell Böses.

Wahlrecht auch für kleine Anarchisten

Meine Freundin Britta will sich politisch engagieren. Was für mich relativ überraschend kommt. Noch bei der letzten Bundestagswahl hat sie mich gefragt, ob ich es moralisch bedenklich fände, wenn sie ihre Stimme nach Haarschnittästhetik der Anwärter vergeben würde. Als ich ihr riet, sich doch vorab lieber mit den politischen Programmen zu beschäftigen statt mit der Haarfarbe, hat sie mich erst ausgelacht und dann beschimpft. Ich sei keine wirkliche Demokratin. Denn Demokraten würden bei Wahlentscheidungen niemandem reinreden. Auch Dumpfbacken nicht.

Britta hat ja recht. Und sie denkt ihr Demokratieverständnis radikal und konsequent zu Ende. Jetzt fordert sie ein Wahlrecht für Kinder ab der Geburt – so wie ihre neuen politischen

Freunde Renate Schmidt, Wolfgang Thierse und Dirk Niebel. »Kinder an die Macht«, trällert sie den lieben langen Tag und will demnächst die Rechte der Windelträger stärken. Ich habe nichts dagegen. Zumal Britta meint, die Eltern könnten das Wahlrecht ihrer Kinder ja stellvertretend übernehmen, zumindest so lange, bis das Kleinkind den Buntstift halten und zur Wahlurne hochspringen kann. Mein Mann und ich hätten dann drei Stimmen, was unsere politische Einflussnahme enorm erhöhen würde, wenn wir uns auf eine gemeinsame Partei einigen könnten und wenn wir nicht innerfamiliär derart demokratisch wären, dass wir auch den begrenzten, aber dennoch vorhandenen politischen Verstand unserer dreijährigen Tochter mitgewichten wollten. Und darin liegt ein gewisses Risiko. Schließlich findet die Dreijährige enormen Gefallen am Werbespot der Anarchistischen Pogo-Partei Deutschlands.

Britta ist das egal. Sie hat schon die Pille abgesetzt. Ich habe es gewusst. Es geht ihr mal wieder nur um die Vermehrung ihrer eigenen Macht.

Wie viel Spülung braucht die Welt?

Meine Freundin Britta duscht nicht mehr. Sie ist einer Aktionsgruppe beigetreten, die sich »Schmutz gegen den Durst« nennt, was mich anfangs etwas verwirrt hat. Britta hat die Augen verdreht und mir die Aktion erklärt, weil ich ja überhaupt keine Ahnung hätte und zu denjenigen gehörte, die ihre neuen Kampfgenossen als Sorglos-Duscher beschimpften.

Ich habe natürlich sofort ein schlechtes Gewissen bekommen. Vor allem, weil Britta mir erklärt hat, dass jeder, der länger als zwei Minuten dusche, verantwortungslos sei. Mehr noch: Ab drei Minuten sind die Eingeseiften maßlos, sadistisch, egoistisch und schuld am Umweltdebakel. Ich habe versucht, unauffällig ein wenig von Britta abzurücken. Schließlich verströmten meine Haare diesen frischen Aprikosengeruch der Glanzspülung, die erst mal fünf Minuten einwirken muss. Nicht zwingend bei laufendem Wasser. Aber fünf Minuten frieren ist ja auch unangenehm.

Britta – die mittlerweile ein bisschen so riecht wie ein Apfel, der dreißig Tage in der Hitze lag – hat nicht nur Tadel für mich. Sie hat auch Zahlen. »Dass du maßlos bist, war klar. Schlimm ist, dass selbst auf den Rest der Westeuropäer kein Verlass mehr ist.«

Rund die Hälfte aller Briten, Spanier, Deutschen und Franzosen duschen länger als die empfohlenen zwei Minuten, hat eine Umfrage ergeben. Die Deutschen und Briten duschen zu einem Drittel sogar länger als zehn Minuten. Und dann gibt es im eher maßvollen Volk der Spanier noch vier Prozent vollkommen Durchgeknallte, die sich länger als zwanzig Minuten berieseln lassen. So lange muss keine Haarspülung der Welt einwirken. Bei Britta nun schon. Der Dreck muss erst mal eingeweicht werden. Ich schätze, dreißig Minuten kann das locker dauern.

Britta steckt mitten im Rosenkranz

Meine Freundin Britta betet. Was insofern erstaunlich ist, als sie die Existenz Gottes oder eines anderen höheren Wesens niemals auch nur in Erwägung gezogen hat. Gut, sie hat einmal damit geliebäugelt, als Ameise wiedergeboren zu werden. Das war aber nur ein kurzes Zwischenspiel, als sie einen glutäugigen Buddhisten kennengelernt hatte. Über die Ameise ist Britta hinweg. Aber immer wenn wir uns treffen, tratscht sie zwischendurch tonlos mit einem Wesen, das ich nicht sehen kann. Als ich sie anrief, sagte sie: »Kann ich dich zurückrufen? Ich bin noch mitten im Rosenkranz.«

Eigentlich finde ich Brittas Hinwendung zu einer höheren Macht schön. Immerhin zeigt es mir, dass dieses Wildpferd, das sich noch nie von irgendjemandem in sein Leben hat reinreden lassen, endlich einmal einen Ratgeber anerkennt. Es zeigt, dass Britta nicht mehr glaubt, alles im Alleingang machen zu können.

Leider war diese Interpretation nur meiner Naivität geschuldet. Ja, Britta betet. Aber ich habe den Verdacht, dass sie die Autorität auch als schwer zu übertrumpfenden Joker aus dem Ärmel zaubert, wenn sie ihren Kopf durchsetzen will. Gestern, als ich ihre Nächstenliebe prüfen wollte und sie fragte, ob sie mir bei der Steuererklärung helfen könnte, sagte sie: »Gott will, dass ich mich ganz auf die Probleme der hungernden Kinder besinne. Du bist satt und volljährig.« Immerhin: Britta will mich in ihr Abendgebet einschließen.

Pizza Salami gegen Aggressionen

Meine Freundin Britta ist sehr streng mit sich. Sie will neuerdings ihre Willenskraft stählen. Und weigert sich zu begreifen, dass Dinge scheitern.

Britta übt sich in Verzicht. Sie hat aufgehört, drei bis acht Süße im Monat in der Luxus-Lounge abzuschleppen. Sie legt zweihundert Euro pro Monat zurück, weil sie sich keinen Latte Macchiato mehr kauft, keine überflüssigen Schuhe (das kann sie bei ihrem Basisbestand gut fünf Jahre durchhalten), kein Schinkenbrötchen beim Bäcker zwischendurch. Zwischendurch essen ist ja sowieso was für Primitive.

Seit ich Britta kenne, meckert sie über zwei bis vier Kilogramm zu viel auf der Waage. Sie hat natürlich nie eine Diät gemacht, zumindest nicht ernsthaft. Spätestens nach zwei Tagen hat sie sich doch wieder eine Pizza Salami mit mir reingepfiffen. Jetzt dagegen trinkt sie ein Wässerchen und spricht von »Willensschwäche«. Meiner Willensschwäche natürlich. Weil ich eine Hälfte der Pizza schon gegessen habe und gerade schuldbewusst meine fettigen Finger ablecke. »Meine Liebe, es gibt große Probleme auf der Welt, die ich mir zu lösen nicht anmaßen würde. Aber figürlich nicht völlig aus dem Ruder zu laufen, das ist mit ein bisschen Selbstdisziplin ja wohl zu machen.«

Nach solchen Sätzen werfe ich meinen Aggressionen eine zweite Hälfte Pizza Salami zum Fraß vor. Sonst müsste ich vielleicht Gewalt gegen Menschen in Erwägung ziehen. Und das würde die Erfolgsquote meiner Willenskraft ja vollkommen versauen.

Die sanfte Lotta darf nicht sterben

Meine Freundin Britta hat das Milchfieber. Nein, sie hat kein Baby bekommen, und überhaupt hat die Krankheit auch gar nichts mit ihren Brüsten zu tun. Eher mit ihrer neu erwachten Tierliebe. Seit sie in der vergangenen Woche einen Milchbauern im Bergischen Land besucht und dort Lotta, Gertrud, Sammy und Kinga kennengelernt hat, bestreitet sie ihre Nahrungsaufnahme ausschließlich mit einigen Litern Vollmilch täglich. Sie hat dem Bauern fünfzig Liter abgekauft und aus schlechtem Gewissen für jede Flasche freiwillig zwei Euro bezahlt. Schließlich hat Britta jahrzehntelang die billige Tetrapack-Milch aus dem Discounter getrunken. Jetzt gibt es Milchseen bei Britta. Und die Butterberge sind auch nicht weit, weil Lotta ja auch dann weiterleben darf, wenn Britta sich nur ordentlich dicke Stullen schmiert.

Es ist mir egal, wenn Britta nur noch mit Milchbart über dem Lippenstift auf Partys geht. Es stört mich auch nicht, dass es bei Britta jetzt zum Kaffee nur noch die fette Vollmilch gibt, die nach einer halben Stunde diese glitschige Haut hat. Auch damit, dass Britta ein T-Shirt trägt mit dem Aufdruck »Macht euch nicht schuldig! Trinkt Milch!« kann ich leben.

Ausgehen will ich mit Britta vorläufig aber nicht mehr. Als ich bei unserem letzten Treffen Espresso bestellte, bekam Britta ganz schmale Augen. Sie wäre mir ins Gesicht gesprungen, hätte nicht die Tischplatte sie daran gehindert. »Kaffee ohne Milch! Du nimmst in Kauf, dass Lotta ermordet wird! Ich schäme mich für dich!«

Britta wagt die absolute Emanzipation

Meine Freundin Britta will nichts mehr tun, was sie bisher nur deshalb getan hat, weil sie eine Frau ist. Britta nennt das »die absolute Emanzipation«. »Männer und Frauen sollen gleich sein. Das zu erreichen, ist denkbar einfach. Ich verhalte mich einfach so, wie ein Mann sich auch verhält. Oder besser: wie ein Mensch. Ich werde das durchziehen!«

Als erste Maßnahme hat sie aufgehört, sich die Beine zu rasieren. Auch unter den Achseln stoppelt es fröhlich. Britta hat ihre Arme gehoben und mir ihre neuen »menschlichen Stellen« gezeigt. Es sieht da aus wie an dem faltigen Kinn eines Borstenschweins. Es ist nicht schön. »Aber es ist emanzipiert«, hat Britta gesagt. Und das sei ja wohl die Hauptsache. Die Beine sind die eines Rehs. Zumindest, was die Behaarung betrifft. Britta trägt dazu kurze Hosen. Schließlich soll man das Erstarken ihres Geschlechts auch sehen.

Make-up, Lippenstift, Wimperntusche, Kajal, Eyeliner, Rouge, Concealer, Konturenstift, Lidschatten, Nagellack, Wimpernzange, Brauenstift, Puder – Britta hat all ihre Kosmetikprodukte entsorgt. Obwohl da dieser sündhaft teure, auf der Haut schmelzende Lidschatten dieser Edelmarke dabei war, den ich eigentlich auch gerne mal ausprobiert hätte. Aber ich traue mich natürlich nicht mehr, Britta zu fragen. Sie würde mich weibisch finden, puppig und emanzipatorisch völlig von gestern. Brittas Mund ist nicht mehr ganz so groß seit einigen Tagen. Auch die Farbe saftiger Erdbeermarmelade ist verblasst. Außerdem hat sie Schlupflider, was mir die vergangenen zwanzig Jahre nie so richtig aufgefallen ist.

Britta hat ihr Leben entrümpelt. In mancherlei Hinsicht hat sie sich verbessert. Wenn Britta zum Essen eingeladen ist, steht sie danach nie mehr auf, um die Teller in die Küche zu tragen. Sie setzt sich im Wohnzimmer immer auf den größten Sessel und überlässt den anderen die zusammengedrängten Sofaplätze. Wenn ihre zwei Nichten bei ihr übernachten, steht sie nicht mehr beim ersten Quengeln auf. Sie stellt sich taub, bis ihr derzeitiger Liebhaber genervt das Bett verlässt und *Cowboy Klaus und sein Schwein Rosa* vorliest.

Außerdem ist Britta schnurstracks zu ihrem Chef gegangen – ungeschminkt, mit Haaren an den Beinen und herausgewachsenen Strähnen – und hat zehn Prozent mehr Gehalt gefordert. Er hat das abgelehnt, »was aber nur an der Wirtschaftskrise liegt. In meinem emanzipierten Auftreten war ich sehr überzeugend«.

Ich habe meinen dunkelroten Mund ein wenig geschürzt und sie unter einem langen, dichten Wimpernvorhang angeschaut: »Es geht ja nicht um Äußerlichkeiten. Du hast vollkommen recht.« Britta hat die Stirn gerunzelt, mein aufregendes Kleid gemustert, und plötzlich löste sich der Emanzipationsgedanke in Luft auf. Sie hat hysterisch rumgeschrien, ich solle mir nicht einbilden, ich könne ihr hier die Show stehlen. Überhaupt seien meine Oberschenkel dicker geworden.

Britta ist eben doch kein Mann.

Der schwere Weg des Gutmenschen

Meine Freundin Britta ist ein guter Mensch. Und eine miserable Freundin. Wenn es die Welt zu retten gilt, dann muss nämlich immer ich zurückstecken. Ich muss stundenlang in der Kneipe auf eine Britta warten, die dann verschwitzt ankommt und sagt: »Ich musste noch einen dreibeinigen Hund ins Tierheim bringen. Dafür hast du ja Verständnis.« Als ich mal eine Woche mit ihr nach Ibiza fliegen wollte (chillen, sonnen, Cocktails trinken), hat sie kurzfristig abgesagt, weil sie die Gelegenheit hatte, Hilfsgüter nach Afghanistan zu transportieren.

Aus der Ferne und theoretisch betrachtet ist es schön, eine solch engagierte Freundin zu haben. Praktisch geht es mir wahnsinnig auf die Nerven. Gestern hat es mir sogar Angst gemacht. Britta hat mich zum Blutspenden gezwungen. Ich habe nichts dagegen, Gutes zu tun. Ich sehe auch ein, dass

Blutkonserven Leben retten. Aber ich habe einen zu niedrigen Blutdruck und Angst, wenn mir jemand etwas aus den Adern pumpt. Mir wird auch so schon manchmal schwarz vor Augen, alles beginnt zu summen, und die Menschen um mich herum sprechen eine Oktave höher. Ich habe schon Männer verschreckt, denen ich beim ersten Treffen seufzend an der Theke weggesackt bin.

»Denk nicht immer nur an dich«, hat Britta gesagt. Und: »Was ist, wenn jetzt jemand einen Unfall hat und deine Blutgruppe braucht?« Ich habe mir also mein Blut aus den Adern leiern lassen. Und jetzt? Bin ich auch ein guter Mensch. Ich trage einen Blutspendebutton. Was Britta auch wieder nicht recht ist. »Es geht mir echt auf die Nerven, dass du mit deinen guten Taten so prahlst.«

Frieden fängt zu Hause an

Meine Freundin Britta will sich mit den Menschen der Welt versöhnen. Sie hat mit ihrer Mutter angefangen und glaubt: »Jetzt bin ich zu allem bereit.« Britta hat ihre Mutter schon immer geliebt. Aber eben nicht deshalb, weil Britta so gütig drauf gewesen wäre. Sondern weil Brittas Mutter eben Brittas Mutter war und Kinder dazu neigen, ihre Mütter immer auch irgendwie zu lieben. Die Momente in Brittas Leben, in welchen sie ihre Mutter ins sibirische Tomsk, besser aber zum Neptun gewünscht hat, waren zahlreich: »Meine Mutter hat mir als Kind ein Kätzchen vorenthalten und mich mit einem Wellensittich abgespeist. Sie hat mich mit sechzehn von einer Party abgeholt. Alle haben gerufen: ›Britta, deine Mutter!‹ Und dabei hatte ich Christian gerade so weit, dass er mich hätte küssen wollen. Es gab eine Zeit, in der ich nicht zuhören konnte, wenn sie aß. Ich habe meine gesamte Pubertät in meinem Zimmer gegessen, oder eben gar nicht.«

Aber, was soll ich sagen? Jetzt ist natürlich alles wunderbar in Ordnung. Britta wirft ihrer Mutter nichts mehr vor. »Ich will alle Menschen dieser Welt lieben, so wie sie sind. Meine Mutter, meinen paranoiden Nachbarn, der sich seit sechs Wochen lauthals vor Vogelspinnen fürchtet, weil ich eine kleine Kiste mit Bananen für drei Minuten im Hausflur abgestellt habe, meine Fitnesstrainerin, sogar meinen Chef.«

Wenn ich Britta so höre, halte ich manchmal für eine Minute die Luft an und überlege, ob ich nicht noch zwei Stunden dranhängen sollte. Aber Britta ist ja ein Meister im Versöhnen. Sie sagt dann: »Du siehst schlecht aus, Kindchen. Aber ich hab' dich trotzdem lieb.«

Gnadenlos ehrlich

Meine Freundin Britta ist eine Wahrheitsfanatikerin. Sie will das Leben genau so, wie es eben ist. Ungeschminkt, meist grausam, oft hässlich. Sie sagt mir am Morgen nach einer Party gnadenlos, dass ich aussehe wie Rotkäppchens Großmutter, nachdem diese aus dem Bauch des Wolfs herausgeschnitten wurde. Sie hält ihrem Freund vor, er sei so romantisch wie die Beleuchtung einer Fleischertheke. Und sie ist beleidigt, wenn ich ihr sage, dass sie undiplomatisch ist. So beleidigt, dass sie sich dreieinhalb Tage nicht bei mir meldet.

Ich genieße das und mogle mich dreieinhalb Tage durchs Leben. Ich kippe den Spiegel nach hinten, weil ich so ohne Anstrengung zehn Zentimeter Körperumfang verliere. Ich lese alte Liebesbriefe und fühle mich danach dermaßen umschwärmt, dass ich ganz arrogant werde. Ich erinnere mich lebhaft an alle drei Erfolgserlebnisse der vergangenen siebenundzwanzig Jahre: auf Anhieb das Seepferdchen bekommen, beim zweiten Anlauf in der Fahrradprüfung den Ehrenwimpel erlangt, beim dritten Mal die Führerscheinprüfung bestanden.

Wenn Britta dann doch wieder vorbeikommt und sagt: »Du hast abgenommen. In den vergangenen Wochen sahst du so fett aus« – dann kommt mir das vor wie eine Befreiung.

Britta und ihre Macken

Leben mit einem Zahlengenie

Meine Freundin Britta zählt. Zwanghaft, besonders in Situationen, in denen es eigentlich um andere Kompetenzen ginge: um Entscheidungen, Schnelligkeit, Kommunikation. Wenn Britta unter Stress gerät, dann krabbeln ihre Augen hektisch über die Knopfleiste meiner Bluse, an den Streifen der Tischdecke entlang, über die Glühbirnen an der Decke, und ich weiß: Reden hat jetzt keinen Sinn mehr – Britta zählt.

Es ist anstrengend, eine zahlenfixierte Freundin zu haben. Gespräche sind fast unmöglich geworden. Trotzdem profitiere ich von ihrer Neurose. Sie verrät mir nämlich Dinge, die andere nicht wissen: dass Herrenhemden meist acht Knöpfe haben, davon allerdings nur sechs sichtbar, dass auf dem Deckenbild ihres Zahnarztes siebzehn blaue und einundzwanzig rote Fische schwimmen, dass an guten Tagen im Hochhaus neben ihrer Wohnung sechshundert Fenster leuchten. Dass in ihrem Wohnzimmer neununddreißig Jalousie-Lamellen die Fenster bedecken und im Wartezimmer ihrer Frauenärztin das Licht aus achtzig Leuchtstoffrahmen strahlt.

Ich habe versucht, Gefallen an diesen Infos zu finden. Habe interessiert die Augen groß gemacht und »Ach!« gerufen, wenn sie mir erzählte: »Ich habe den Weg zur Kneipe heute in sechshundertachtunddreißig Schritten geschafft, gestern waren es noch sechshundertsiebenundsechzig.« Trotzdem ist das Leben mit Britta schwierig geworden. Vor allem, weil sie sich nicht mehr in die Ecke der Kranken drängen lässt. Britta zählt – und glaubt, sie sei deshalb ein Genie.

»Worte werden überschätzt. Guck dir die geometrischen Muster an, die meine Rechnungen ergeben«, schwärmt sie. Wenn ich die Gegenseite verteidige und ihr blumig zur Schau stelle, wie ästhetisch Sprache ist, dann kehrt sie zu den Vorhangfalten zurück.

Gestern dachte ich, sie sei endlich geheilt. Sie fixierte mich aufmerksam, während ich sprach. Ich redete euphorisch, wahnhaft. Dann stürzte ich ab. Britta lächelte und sagte: »Das waren jetzt achthundertneunundsechzig Worte. Dreiundzwanzig mehr als gestern.«

Schmutzige Intimitäten-Orgie in der Lauge

Meine Freundin Britta ist Japanerin. Gut, sie hat keinen japanischen Pass. Sie hat auch keine japanischen Großeltern. Sie hat den Inselstaat noch nicht einmal besucht. Genau genommen weiß sie nichts weiter über Japan, als dass es dort Sushi gibt und Kirschblüten, dass die Menschen zum Sex ins Hotel gehen, weil die Wohnungswände so dünn sind, dass Schwiegermutti sonst alles mitkriegt. Und doch ist Britta für eine Einbürgerung qualifiziert. Aus einem einfachen Grund: Sie ekelt sich vor Männerunterwäsche. Und das ist ein wichtiger Teil des Lebensgefühls japanischer Frauen.

Sagt zumindest die Waschmittelfirma Lion, die eine Umfrage unter den Bürgerinnen Japans in Auftrag gab. Das Ergebnis: Japanerinnen finden getragene Männerunterhosen derart abstoßend, dass sie niemals auf die schmutzige Idee kämen, ihre zarten Höschen mit den muffeligen Slips ihres Angetrauten zusammen zu waschen. Ihr Büstenhalter, seine Boxershorts, gemeinsam in der Lauge verschlungen, verschleudert, nichts zwischen ihnen als der Schaum des unschuldigen Kochwaschgangs, ein schauerliches Intimitätenfestival in der Trommel.

Britta ist sich sicher: Diese Frauen sind ihre wahren Schwestern. Sie hat schon zahlreiche Männer verunsichert, weil sie diese vor ersten körperlichen Annäherungen bat, doch bitte die Unterhosen zu wechseln und für eine gründliche Mundspülung das Badezimmer aufzusuchen.

Ich habe Britta zu bedenken gegeben, dass Wäschetrennung zu Wasserverschwendung führt, weil ja nicht jedes Höschen alleine baden gehen kann. Aber Britta hat gar nicht zugehört. Sie packt. Sie hat sich ein Ticket nach Tokio besorgt und will sich mit ihren Schwestern über die weitere Vorgehensweise im Kampf gegen die Schmutzwäscheorgien der Welt beraten. Ich habe ihr heimlich einen Männerslip in die Tasche gesteckt. Vielleicht wird sie wieder ausgewiesen.

Verrückt nach Vorsorge

Meine Freundin Britta mag es, wenn an ihr rumgefummelt wird. Sie liebt ihren Friseur, weil der gegen Geld an ihrem Kopf rumzupft. Die größte Freude kann man Britta aber mit einem Termin beim Arzt machen. Britta ist ganz verrückt nach Vorsorgeuntersuchungen. Britta sagt, es würde bereits anfangen, in ihrem Nacken zu kribbeln, wenn die Arzthelferin den Patientenbogen ausfüllt und sie mit interessiertem Gesicht Dinge fragt wie: »Nehmen Sie regelmäßig Medikamente?«, »Mussten Sie sich schon einmal einer Operation unterziehen?«, »Chronische Erkrankungen? Wenn ja, welche?«

»Ich finde es herrlich, wenn sich jemand so um mich kümmert«, sagt Britta und schwärmt von dem ernst-konzentrierten Gesichtsausdruck ihres Hausarztes, wenn der das Stethoskop auf ihren Rücken drückt, in die Ferne blickt und sagt: »Tief einatmen, bitte.«

Britta mag es, wenn sie ganz genau unter die Lupe genommen wird. Britta im Mittelpunkt. Ihre erotische Fantasie: Ärzte und Assistenten umkreisen sie mit Lampen und Vergrößerungsgläsern. Klopfen hier. Schauen da. Tuscheln mit seriöser Mine. Mund auf. Ah-Sagen. Kopf auf die Brust. Ärmel hoch zum Blutdruckmessen. Gel auf den Bauch zum Ultraschall. Abtasten. »Tut das weh?«

Britta hat natürlich schon in Erwägung gezogen, einen Arzt zu heiraten. Aber nach ein paar Wochen, das ist zumindest Brittas Version der Geschichte, wirkte ihr Auserwählter eine Spur zu wenig konzentriert, wenn er Brittas Brustkorb abtastete. Britta meint, all das würde daran liegen, dass sie in ihrer Kindheit zu wenig Liebe erfahren hat. Ich glaube, Brittas Eltern haben sie zu heiß gebadet.

Tote im Türrahmen

Meine Freundin Britta glaubt an ein Leben nach dem Tod. Das war nicht immer so. Der Gedanke an die postmortalen Freuden ist sozusagen wiederauferstanden. Als Kind war Britta überzeugt, dass die Toten auf den schmalen Simsen über den Türrahmen weiterleben. Im Miniaturformat, versteht sich. »Ich war immer sicher, dass auf meinem Türrahmen Oma sitzt. Und mein Vater und die drei Wellensittiche«, hat Britta mir kürzlich erzählt. Heute findet Britta wieder Gefallen an dieser Vorstellung. »Die Aussicht muss toll sein. Die Toten kriegen alles mit und kleben trotzdem nicht so an der Wirklichkeit. So soll das sein.«

Britta seift deshalb einmal in der Woche ihre Türrahmen ab. Schließlich will sie die lieben Verwandten nicht in staubiger

Umgebung wissen. »Für meinen Vater ist es schlimm genug, dass er den schmalen Rahmen mit meiner Oma teilen muss.« Erst habe ich über all das gelacht. Brittas Witze waren schon immer infantil, sie passen zu ihrem hellen Lachen, das ihr aus dem Mund perlt, als hätte sie eine ganze Flasche geschüttelter Zitronenlimonade in sich hineingeschüttet.

Und doch: Eine Sache hat mir zu denken gegeben. Britta hat mich angerufen und mich um einen Gefallen gebeten. »Du weißt, du bist meine beste Freundin. Aber der Gedanke an die absolute Symbiose wird mir dann doch etwas viel. Vor allem wenn man bedenkt, dass ja alles für die Ewigkeit ist. Könnten wir uns deshalb darauf einigen, wenn wir einst tot sind, verschiedene, einander gegenüberliegende Türrahmensimse zu beziehen? Wir könnten uns dann zuwinken. Sicher auch telefonieren. Aber wir kleben nicht mehr so aufeinander.«

Dem Frühling auf der Spur

Meine Freundin Britta erschnuppert alles. Sie weiß, welches Waschmittel die Kassiererin des Supermarktes in ihrer Straße benutzt. Sie merkt, wenn ihre Mutter, die im Nachbarhaus wohnt, getrockneten Basilikum in die Soße schmuggelt. Sie fühlt sich zu Männern hingezogen, die eine salbeihaltige Zahnpasta benutzen. »Dieser fantastische Duft, riechst du das?«, schreit Britta. Und wenn mir nichts Außergewöhnliches in der Luft zu liegen scheint, bekommt sie diesen mitleidigen Blick. Dann legt sie seufzend die Papaya im Supermarkt zur Seite, deren Reifegrad sie gerade erschnüffelt hat, oder wirft im Gartencenter die Blumenerde zurück in den Plastiksack, in die sie gerade ihre Nase gegraben hat. »So riecht der Frühling.

Du merkst auch nichts«, sagt sie, und es hört sich an, als wäre mir entgangen, dass sie zwanzig Kilogramm abgenommen hat.

Britta schnüffelt ununterbrochen. Im Café riecht sie ständig an ihrem Espresso: »Dieses Aroma!« Als ich sie letztens zu mir einlud, robbte sie auf der Suche nach dem Herd eines üblen Geruchs auf dem Boden herum, während ich dasaß und vergeblich versuchte, mich nicht aufzuregen. Sie fand nichts. Ich gehe nicht mehr ans Telefon. Eine Weile möchte ich nichts mehr von Britta hören.

Gestern dann Erstaunliches: auf dem Weg zur Arbeit, enge Straße. Keine Blume in der Nähe. Die Luft ist noch kalt. Sie riecht ganz blau, nach Wasser und Salz. Und dann, ganz am Ende, kurz vor der Atemwende, rieche ich Erde, warme Steine und ein bisschen süße Seife. So riecht der Frühling. Ganz fantastisch.

Wenn das Alter zur Krankheit wird

Meine Freundin Britta leidet unter Nebenwirkungen. Sie ist nicht wirklich krank. Sie nimmt auch kaum Medikamente ein (außer den Beruhigungs-Baldrians in täglich wiederkehrenden Stresssituationen wie: Periode ausgeblieben, Bus verpasst, Tante Annas Geburtstag vergessen, der Liebste seit Stunden im Funkloch, entdeckt, dass die eben verzehrte Schokotorte tausend Kalorien hatte). Sie kommt nur in das Alter, in dem man an Ü-30-Syndromen rumlaboriert.

Böse Zunge zum Beispiel. Dieses Symptom hat Britta schwer getroffen. Es zeichnet sich aus durch zunehmende Boshaftigkeit beim Herziehen über Menschen, die nicht mit am Tisch sitzen. »Der Ralph war der beste Mann in meinem

Leben, er hat mich nur nach Strich und Faden betrogen, der Kotzbrocken-Arsch.«

Schlimm ist auch »Trauma Schauma«, besser bekannt unter dem Namen »Geplatzte Träume«. Britta heult dann immer so sehr, dass man ihr Gewinsel kaum versteht: »Ich werde nie mehr Laufsteg-Queen, nie mehr jüngste Debütautorin. Und sogar die Sexgöttin kann ich mir wohl abschminken.«

Ich werde Britta ein Buch schenken: *Ü-30-Krankheiten. Die schönsten Beschwerden aus der Mitte des Lebens*. Sie wird mir um den Hals fallen und unverzüglich das »Weißt-du-noch?«-Syndrom auspacken. »Oh, die bist meine beste Freundin! Weißt du noch, unsere verrückte Studentenzeit, die Partys in der Küche, die Sache mit dem Nacktputzangebot …«

Ein Trauma aus der Jugend

Meine Freundin Britta ist bekannterweise ein Arzt-Junkie. Es macht mir nichts aus, dass sie wöchentlich zum Hausarzt rennt, »Ah!« macht und tief ein- und ausatmet. Erst seit Kurzem beginnt sie mir mit ihrer Manie auf den Geist zu gehen. Denn Britta hat sich spezialisiert: auf Hautärzte.

Und das ist mir nun wirklich ein Rätsel. Ich muss dazu sagen: Ich war schon oft beim Hautarzt. Das Thema ist ein unangenehmes. Ein unästhetisches. Voller Frustration. Vielleicht für beide Seiten? Aber ich schwöre: Noch nie konnte mir ein Hautarzt helfen. Die Hautärzte meiner Kindheit hatten immer einen bösen Blick und haben immer so viel Unheilvolles geflüstert, dass ich dachte, ich müsste meine Haare abrasieren, unter welchen eine Schuppenflechte juckte. Ich habe viel geheult auf dem Weg vom Hautarzt nach Hause.

Heute habe ich Hautärzte, die mir einen Termin in zwei Monaten geben. »Frühestens.« Meine Hand sieht aus, als würde sie abfaulen. Britta sagt: »Du musst Vertrauen haben. Du musst dich einlassen. Hautärzte sind sehr sensibel.«

Meine Hautärztin hat den Kopf von einer Seite auf die andere geneigt. Sie hat ernst geschaut. Sie sagte: »Oh. Das sieht kompliziert aus.« Ein Ekzem vielleicht. Eine Schuppenflechte. »Es sieht ganz anders aus als beim letzten Mal.« Als ich die Hautärztin verließ, bekam ich das, was ich immer bekomme: aufmunternde Worte für einen neuen Versuch. »Wir versuchen es mal mit dieser Creme. Kann super helfen. Kann aber auch schlimmer werden.«

Helden von Computerspielen

Meine Freundin Britta spielt. Nicht im Casino, das hätte noch einen gewissen James-Bond-Stil. Nein. Sie spielt Computerspiele. Sie hat schon sechs Treffen abgesagt, weil sie irgendwelche Level noch knacken muss. Sie hat sich seit Wochen mit keinem Mann mehr getroffen. Abgesehen von Michael Ford, dem Secret-Service-Agenten aus irgendeinem 3-D-Ballerspiel. »Ich muss die Aliens mit meinen Granaten in den Griff kriegen«, hat sie gestern atemlos am Telefon erzählt. Und als ich abends vorbeikam, faselte sie von einer Welt, die Terra Lumeira heißt, und dem edelmütigen Yuri Lowell, der als Einziger den Untergang noch abwenden könne. »Vorausgesetzt, du lässt mich jetzt in Ruhe, damit ich ihm bei der Strategieplanung helfen kann«, sagte Britta und schlug mir die Tür vor der Nase zu.

Ich habe ein bisschen recherchiert und herausgefunden,

dass sogar Brittas Mutter sich im Vorruhestand sechzig Stunden lang in ihrem Arbeitszimmer eingeschlossen hat, um ihre Erfahrungspunkte im Kampf gegen Monster aufzubessern. Ein entfernter, halbseitig gelähmter Onkel ist Ende achtzig und liebt seine »Wii«, weil er dafür nur einen Arm braucht. Und eine Nachbarin, von der ich dachte, sie würde in ihrer Freizeit nur Krimis lesen, macht per Mausklick Jagd auf Insekten.

Muss dringend einen Kurs belegen: »Fortbildung Computerspiele« oder so. Meine Computerspielkenntnisse beschränken sich nämlich auf *Winterolympiade Calgary, 1988* und *Prince of Persia*, beides mit Strichmännchengrafik in Grundfarben, beides auf Atari.

Und wieder lockt der Dorfplatz

Meine Freundin Britta hat in etwa den gleichen Geschmack wie der blinde Hund unserer tauben Nachbarin. Egal ob sie zum Rendezvous in roten Karottenjeans kommt, die Haare aschgrau färbt oder ihrem zwölfjährigen Neffen ein rosa Sparschwein mit lüsternem Gesichtsausdruck und dem Schriftzug »Ich fresse dich« schenkt. Sie liegt daneben. Immer. Ich kann mich darauf verlassen.

Obwohl ich Brittas Geschmacksverfehlungen kenne, habe ich ihr im vorweihnachtlichen Stress einige Aufgaben übertragen. Nichts Großes. Ich würde sie nicht nochmal darum bitten, meine Weihnachtsdekoration dem Trend anzupassen. Das habe ich schon im vergangenen Jahr bereut. All meine roten Kugeln hat sie zur Kriegskinder-Nothilfe gebracht und dafür blinkende Daisy-Köpfe im Internet bestellt, die so gruselig guckten, dass meine gesamte Familie noch am Heiligen

Abend fluchtartig meine Wohnung verlassen und sich auf dem Dorfplatz mit Grog betrunken hat.

Nein, ich habe sie lediglich gebeten, mir einen Weihnachtsbaum vom Baumarkt mitzubringen. Jetzt habe ich einen Baum. Er ist grauenvoll. Nicht einmal die Daisy-Köpfe können von seiner Hässlichkeit ablenken. Unten herum ist er buschig wie ein Wellensittich in der Mauser. Im oberen Drittel ragen sage und schreibe drei kümmerliche Ärmchen in den Raum. Ich muss nicht erwähnen, dass der Baum gebeugt dasteht wie ein buckliger Bäcker. Dieser Baum kommt mir nicht ins Haus. So viel Tristesse ertrage ich nicht. Besser, wir verlagern das Fest gleich auf den Dorfplatz. Dort steht ein hübscher, gerade gewachsener Tannenbaum. Genug Rum ist noch im Haus.

Im Land der Träume

Meine Freundin Britta durchlebt eine verträumte Phase. Britta war schon immer eine Romantikerin, ein bisschen vernebelt. Es ist schon vorgekommen, dass sie sich in Stresssituationen im Traum mit mir verabredet. »Echte Freundinnen können Durststrecken auch dadurch überwinden, dass sie sich im Traum treffen und dort austauschen. Anders passt du mir gerade einfach nicht rein.« Ich habe dazu erst gar nichts gesagt. Was hätte ich auch sagen sollen?

Jetzt wandelt Britta auf einem sehr schmalen Pfad, der sich zwischen Realität und Traum hin- und herschlängelt. Sie tappt von Zeit zu Zeit daneben, sie kommt durcheinander. »Kurz vor dem Einschlafen weiß ich plötzlich nicht mehr, ob ich gerade einschlafe und jetzt das Träumen beginnt oder ob ich gerade aufwache und jetzt das wirkliche Leben anfängt.« Vielleicht sollte ich doch etwas sagen. Vielleicht hat Britta zu viel Stress? Einen Infekt? Einen Virus, der die linke Gehirnhälfte ruiniert? Als Freundin sollte ich sie warnen.

Manchmal ist Britta auch ganz euphorisch. »Ich habe im Traum einen neuen Raum in meiner Wohnung entdeckt. Hinter dem Bücherregal im Wohnzimmer geht es eine kleine Treppe hoch, und da ist ein sehr gemütliches Turmzimmer. Ich liebe es und ziehe mich dorthin gerne zum Lesen zurück.«

Heute habe ich ein sehr ernstes Gespräch mit Britta geführt. »Du hast in meinem Traum heute Nacht diesen muskulösen Süßen verführt, der mich schon drei Nächte lang glutäugig ansieht. Freundschaft sieht für mich anders aus.«

Außerdem habe ich Britta gesagt, dass sie in Zukunft nach dem Aufstehen eiskalt duschen soll. Dann bin ich nach Hause gegangen. Ich will schlafen. Traumlos.

Ein Genie ist geboren

Meine Freundin Britta staunt über ihr Gehirn. Es ist nicht so, dass ich mich während unserer Freundschaft häufig veranlasst sah, Britta für genial zu halten. Aber irgendwie scheinen sich in ihrem Hirn unglaubliche Vernetzungen Bahn zu brechen. Britta assoziiert auf ungewöhnliche Weise. Und will deshalb ihr Denken genauer erforschen.

»Gerade, als ich dich gesehen habe, blitzte mir die Erinnerung an eine Busfahrt in der irischen Provinz durch den Kopf. Ich hatte einen blauen Schafwollpullover mit Norwegermuster an, memorierte, in welcher Reihenfolge sich Raute, Viereck und Kreis auf dem roten Linienbus-Sitzbezug abwechselten und sah im Augenwinkel Schafe durch die Fensterscheibe. Ist das nicht irre?« Britta hat einen dunkelblauen Rollkragenpullover an, ihre fettigen Haarsträhnen teilen sich zu Streifenmustern. Zerklüftete Felsformationen im finnischen Jyväskylä. Ein zunächst stummer, dann unverschämter Paavo, den ich gerne im Päijänne-See versenkt hätte.

»Ich werde mein Gehirn durchleuchten lassen. Nach meinem Tod, das habe ich schon unterschrieben, werde ich es außerdem den Forschern überlassen. Ich glaube, es könnte ein Baustein zur Entschlüsselung von Genie-Hirnstrukturen sein.« Ich denke darüber nach, dass Britta nicht mehr genügend Sorgfalt auf ihr Äußeres verwendet. Sie redet davon, dass ihr beim Anblick der Deckenleuchte gerade in den Sinn kommt, wie sie in einer Mathearbeit einmal eine Fünf geschrieben hat, weil sie sich eine Stunde lang nicht von der Schönheit des Spinnennetzes an den Leuchtstoffröhren im Klassenzimmer losreißen konnte. »Vor mir saß Armin, der – wenn er auf eine Lösung kam – mit dem Kopf nickte wie ein hungriges Huhn.«

Meine Lösung ist ganz einfach. Britta ist nicht genial. Sie wird nur alt. Da kommen schon mal Erinnerungen hoch.

Und wo warst du?

Meine Freundin Britta ist ein Mauerfall-Fanatiker. Vielleicht liegt das nur an ihrer Schwäche für Events und Gedenktage. Britta guckt sich immer die Live-Auslosung von Viertelfinal-Konstellationen im DFB-Pokal an. Sie interessiert sich nicht für Fußball. Aber sie mag es, dabei zu sein, wenn etwas passiert. Als die Mauer fiel, hat Britta gerade ein Glas Gurken, Teewurst und drei Brötchen auf ein Tablett gepackt und ins Wohnzimmer getragen. Britta war elf Jahre alt, ihre Eltern beim Tanzkurs, die große Schwester bereitete sich vor dem Spiegel auf die Ankunft ihres Freundes vor. Britta hat sich furchtbar aufgeregt über ihren peinlichen breiten Stretchgürtel und die hellblauen Ohrringe. Eigentlich wollte sie *Mystic Pizza*, einen Film mit Julia Roberts, auf Video ansehen. »Dann kam der unfassbar unmögliche Freund meiner Schwester, und nach dem Schabowski-Klopper haben sie sich kreischend vor den Fernseher gesetzt und meine Brötchen vertilgt. Meinen Film konnte ich vergessen.«

Seither hat Britta ein Hobby. Mit jedem ihrer Liebhaber hat sie sich hinterher im Bett über die Erlebnisse am 9. November ausgetauscht. Lkw-Fahrer Horst war auf dem Weg von Berlin nach Hamburg, als er sich über die immer voller werdende Autobahn wunderte. Julian aus Ostberlin räumte mit seinen Eltern die Wohnung seiner Tante leer, die am kommenden Tag über Ungarn abhauen wollte. Armin aus Lahnstein machte sich am nächsten Tag mit Freunden nach Berlin auf – Geschichte live erleben, sein Lehrer fuhr gleich mit.

Britta ist mal wieder sehr stolz: »Oft weiß man ja nicht so recht, was man nach dem Sex machen soll. Meine Erzähl-mir-von-deinem-9.-November-Idee hat mir manch mittelmäßigen Liebhaber noch zur historisch interessanten Erfahrung gemacht.«

Denkwürdiges dahergezwitschert

Meine Freundin Britta hat einen Dosenfisch gefangen. Einen mit Tomatensauce, was sie nur sehen, nicht aber schmecken kann. Schließlich hat sie ihren Dosenöffner verlegt. Sie hat ihre Handtasche kopfüber gestülpt und auf dem Balkon ausgeschüttelt. Sie hat mal wieder *Titanic* angeguckt und erst nach eineinhalb Stunden zu heulen angefangen. Was eine der interessanteren Nachrichten ist. »Ich hab ja so viel zu erzählen«, pflegt Britta zu sagen, wenn wir uns treffen. Und deshalb, weil Britta pausenlos etwas erlebt, was alle Welt wissen muss, hat sie sich zum einzig vernünftigen Schritt durchgerungen, der diesen Informationsfluss in geregelte Bahnen lenken kann: »Ich werde jetzt auch twittern«, hat Britta erklärt.

Ich finde diese Idee großartig. Britta ist das geborene Zwitschervögelchen. Sie kann ihren Schnabel nicht halten. Sie piepst ununterbrochen Denkwürdiges. Sie kann alles kommentieren. Sie war – wenn man sie fragt – überall dabei. Die Welt wird von Brittas Sätzen profitieren. Davon, dass sie heute Spaghetti Bolognese gegessen hat, obwohl Pasta nachweislich dick macht. Besonders, wenn man sie, wie Britta, abends in sich hineinstopft. Davon, dass blauer Lidschatten zu blauen Augen immer noch am besten passt. Davon, dass gerade an der Rodenkirchener Brücke die Frau ihres besten Freundes mit einem anderen knutscht. Das wird die Welt interessieren. Aber was noch besser ist: Ich muss mich nicht mehr so oft mit Britta treffen. Ich folge ihr einfach bei Twitter. Und wenn sie nervt, dann klicke ich sie einfach weg.

Britta weint hoffnungslos

Meine Freundin Britta weint. Anders als sonst. Ihre Wimperntusche hängt nicht in dicken Tropfen an den Wimpern. Ihr Mund ist nicht zu einem unanständigen Wulst angeschwollen. Bisher sah die weinende Britta immer aus wie ein ungezogenes Gör. Heute ist das anders. Mein Herz fühlt sich für ein paar Sekunden an wie in der Hitze vertrocknetes Laub. Dann frage ich: »Was?«

Britta antwortet nicht. Sie steckt mir die Stöpsel ihres iPods ins Ohr. Dann holt sie sich Taschentücher und bedeckt ihre geschwollenen Lider mit einer kühlflüssigkeitsblauen Plastik-Augenmaske aus dem Eisfach. Erst sträube ich mich. Mark Knopfler singt »Brothers in Arms«, dann Michael Jackson und Kollegen »We are the World«, Freddie Mercury »Bohemian Rhapsody«. Alter Mist, kurz spiele ich mit dem Gedanken, mir die Hörer aus dem Ohr zu reißen. Ein Blick auf Britta mit der Kühlmaske hindert mich.

»Du musst nicht glauben, dass ich weine, weil ich nicht mehr jung bin.« Brittas Stimme ist fest, die Maske bebt. »Wer will schon seine Pubertät wiederholen? Wer will schon im Sommer mit dem Rad ins Freibad fahren und auf dem Rückweg von Papa im Auto abgepasst werden, weil man über dem endlosen Ab- und wieder Auftauchen die Zeit vergessen hat. Wer will schon bespielte Musikkassetten von pubertierenden Jungs geschenkt kriegen, die statt einer Song-Liste bekritzelt sind mit unverschämten Liebesbriefen?« Britta reißt sich die Maske vom Gesicht, die Wimperntusche klumpt, der Mund schmollt. »Ich heule, weil es keine anständige Musik mehr gibt heute!«

Britta will Tiere, aber kein Blut

Meine Freundin Britta hat einen Traum. Sie will Tierärztin werden. In einer kleinen Stadt in einem alten Haus mit Fachwerk, kleinem Kräutergarten und Goldfischteich. In den Highlands vielleicht. Oder in der französischen Provence. Im

Notfall auch im Münsterland. Sie will einen Mann, der auch als Tierarzt arbeitet, Kinder, zwei Katzen und einen Hund. Sie will nicht nur Kleintiere behandeln, sondern vor allem: »das richtige Vieh«, wie sie sagt. »Kätzchen würde ich natürlich auch kurieren, der Kohle wegen. Hamster impfen, Hunde entwurmen, die ganze Palette. Aber wirklich Lust habe ich auf Rinder, Schweine und Pferde.«

Erst habe ich gedacht, Britta leite ihren Rückzug ein. Über dreißig, genervt von den Stürmen des Alltags, ein wenig lädiert, auf Sinnsuche in der ländlichen Idylle. Gutes Tun, privates Glück, Natur, Tiere. Es würde mich nicht wundern, wenn sie sich noch für die frühkindliche Musikerziehung starkmachen würde. Und für die Aufklärung über die Gefahren des Bärenklaus, dessen stachelige Blätter Hautverbrennungen verursachen können. Britta hat angefangen Bier statt Wein zu trinken, weil sie glaubt, auf dem Lande kommt das besser an. Und sie fachsimpelt über Maul- und Klauenseuche ebenso wie über Euterentzündungen bei Milchkühen.

Brittas Plan hat einen einzigen Haken. »Das Blöde ist: Ich kann kein Blut sehen.« Aber sie hat schon eine Lösung. »Wenn du mitkommst, kannst du die ganzen blutigen Termine übernehmen. Wenn du alles verpflastert hast, sehe ich mir die Patienten an. Ich überwache das Geschäft. Das ist ohnehin die Hauptsache.«

Psychologie der Waschstraße

Meine Freundin Britta liebt Autowaschanlagen. Die Düsen seien so großzügig. »Der Schaum platscht in hagelkorngroßen Tropfen auf die Windschutzscheibe. Der Weg ist nicht mehr zu erkennen. Nur noch das Surren und Fauchen der Wischwerkzeuge«, schwärmt sie mir vor und bettelt darum, meinen Wagen auch mal durch die Wasserstraße fahren zu dürfen. Ich wende ein, dass es in Waschstraßen schon so giftig riechen würde. Aber Britta ist das gerade recht: »Würde der Schaum innen kleben und eine feuchte Spur hinterlassend die Scheibe runterlecken, dann wollte ich jetzt die Zunge rausstrecken und mal versuchen. Sieht weich aus und gehaltvoll, platscht ja so prall und bleibt dann cremig liegen, bis der Regen kommt, der weich ist und stetig, der alles abwäscht, freie Sicht auf die Trockendüsen.«

Es klingt fast wie ein Gedicht, wenn Britta mal loslegt: »Waschanlagen sind wunderbar. Ich liebe Waschanlagen. Diejenigen, durch welche das Auto ganz von allein durchgetragen wird. Diejenigen, die mich mit durch das Schaum- und Scheuerlappenmaul schleusen. Und das, ganz ohne mich dabei nass zu machen.« Für Britta sind Waschanlagen wie Horrorstreifen. Sich gruseln, weil Blut rumspritzt, Psychopathen um die Ecke lugen und andere auf unappetitliche Weise abschlachten. Dabei selbst im kuscheligen Sessel sitzen, das Popcorn zur Linken, den Cola-Strohhalm im Mund. Oder wie sich Gewitter mit furchterregenden Blitzen durch das Dachfenster anschauen. Draußen das Inferno, drinnen kuschelig, genug zu essen und ein Kissen im Nacken. »Das ist wunderbar.«

Das voyeuristische Horrorerlebnis erreicht für Britta seinen Höhepunkt, wenn die Lappenkrake aus dem Waschanlagenhimmel zum Angriff übergeht. »Waschfrauendicke Arme peitschen über das Auto. Es wird dunkel ob der turbulenten Stoffumhüllung. Weltuntergang? Angriff der Killerandroiden?« Nein. Nur Abtrocknen.

Wenn das Tageslicht am Ende des Tunnels so groß wird, dass

Brittas Auto durchfahren kann, die Ampel auf Grün schaltet und sie mit zusammengekniffenen Augen ins Helle fährt, dann fühlt sie sich so sauber wie ein Gänseblümchen nach nächtlichem Mai-Regen. Britta ist immer ganz entspannt, wenn sie von einem Waschanlagen-Horrortrip zu einem unserer Treffen kommt. »Du siehst so gestresst aus. Darf ich dir meine Lieblingswaschanlage empfehlen? Ein, zwei Touren, und du fühlst dich auch von innen so rein wie ein weißes Federbett.«

DUMONT TASCHENBÜCHER

Alvtegen, Karin: Schuld. Kriminalroman (6105)
Dowlatow, Sergej: Der Koffer. Roman (6116)
Friedrichs, Ralf: Am Schluss haben wir nur noch für die Angestellten gearbeitet. Roman (6107)
Gesing, Fritz: Kreativ Schreiben. Handwerk und Techniken des Erzählens (6119)
Goeudevert, Daniel: Das Seerosen-Prinzip. Wie uns die Gier ruiniert (6108)
Gombrich, Ernst H.: Eine kurze Weltgeschichte für junge Leser (6109)
Heinrich, Susanne: So, jetzt sind wir alle mal glücklich. Roman (6106)
Hennig von Lange, Alexa: Peace. Roman (6110)
Hettche, Thomas: Der Fall Arbogast. Kriminalroman (6111)
Kredelbach, Thomas: Fünf Millionen Lösegeld. Kriminalroman (6113)
Kuhrt, Nicola/Meichsner, Irene: Warum kriegt der Specht kein Kopfweh? Geheimnisse des Alltags und ihre verblüffenden Erklärungen (6118)
Le Clézio, J.M.G.: Der Afrikaner (6104)
Lehnen, Claudia: Meine Freundin Britta (6114)
Leky, Mariana: Liebesperlen. Erzählungen (6117)
McGilloway, Brian: Borderlands. Kriminalroman (6112)
Miehe, Ulf: Puma. Roman (6103)
Mills, Jenni: Grab aus Stein. Roman (6115)
Mingels, Annette: Die Liebe der Matrosen. Roman (6101)
Murakami, Haruki: Sputnik Sweetheart. Roman (6100)
Stadler, Arnold: Ein hinreissender Schrotthändler. Roman (6102)